芭蕉は岩出山を目指した

目次

はじめに

十数年前、新幹線の座席ポケットにある雑誌が、『おくのほそ道』の特集をしているのに目が留まりました。芭蕉は確か私が仕事をしている岩出山町も通って行ったはず、と思いつつ地図を見ると、一関から岩出山まで一日でやってきたことになっていました。以前、国道四号線を使って一関まで車で行った際に、渋滞していたせいもあり、数時間かかりました。随分遠い所だなと思った覚えがあります。本当にこの距離約六〇キロメートルを一日で歩いてきたのか、と疑問に思い調べてみると、一日でやってきたのは間違いないようでした。しかも、馬やかごは使用せずに、奥州街道ではなく「奥州上街道」と呼ばれる整備されていたとは思えない道を歩いてきていました。

なぜこの道を通ってきたのか、なぜ急ぐ必要があったのか。そう思い、調べ始めると、よく知られている『おくのほそ道』なのに、多くの疑問が残されていました。松尾芭蕉が生きていた時代から資料が多く残されていることもあり、その作品に関する研究のみならず、芭蕉自身に関する研究までが、無数にありました。特に『おくのほそ道』については様々な疑問があり、あらゆる角度から詳細に検討されていました。
しかし、一関から岩出山の旅の疑問に満足できる答えはありません。芭蕉が隠密だったとか、仙台藩で意地悪されたから、早く仙台藩を出たくて急いだとかいう解釈であり、納得できるようなものではありません。

また、『おくのほそ道』は平泉で前半を終了し、後半は「南部道遥にみやりて、岩手の里に泊る」から始まります。古くから岩手《いはて》の里とは岩手県の岩手《いわて》ではないのかという説がありました。ところが昭和になり、芭蕉に同行した曾良の随行日記が発見されて、岩出山《いわでやま》であることが確認されました。なぜ岩出山が後半のスタート地点なのかという問題は、これまで検討されておりませんでした。地元に残る歴史資料と、芭蕉に関する多くの研究を参考にして、岩出山をめぐる芭蕉の旅を検証してみました。

その結果、今まで考えられなかった仮説が浮かび上がってきました。この仮説について、学問的な裏付けや確かな記録は、今のところ全くないので、非常に危ういものであることは重々承知しております。江戸時代における和歌と俳句の学問的な関係性を混乱させてしまう話になるかもしれません。専門家のお叱りは覚悟の上で話を進めることにします。

第一話　近世の岩出山について

まずはじめに話の中心になる、岩出山という場所について、その歴史的背景を説明します。

岩出山は宮城県の北西部に位置し、奥羽山脈の裾野に広がった丘陵地です。以前は岩出山町として存在していましたが、平成十八年に周辺の市町村と合併して大崎市となりました。その岩出山地域の中央部を鳴子温泉の荒雄岳を水源とする江合川が、西から東に流れています。江合川流域の平坦地は大崎平野となり、穀倉地帯を形成しています。奥羽山脈から延びる丘陵（河岸段丘）の突端に、戦国時代以前より岩手沢城が築かれ、大崎地方を治める重要な拠点として存在してきました。

戦国時代、この地を治めていた大崎氏は小田原討伐に参陣しなかったのを理由に、奥羽仕置に際して領地を没収されてしまいました。天正十八年（一五九〇）、旧大崎氏の家臣らが一揆を起こしましたが、翌年（一五九一）の七月三日までに、伊達政宗によって制圧されました。同年八月から九月にかけて、徳川家康が一揆鎮定後の処理に奉行として派遣され、四〇日間岩出山に留まって、一揆で荒廃した城の修復・整備を行いました。本丸は家康が、二の丸より曲輪は徳川四天王の一人、榊原康政が縄張り（城割）したとされています。

城の絵図面をみると、城の北端部には馬出《うまだし》があります。馬出とは城郭の出入り口となる虎口《こぐち》の前面に設ける小曲輪です。形状が半円形なものを丸馬出、方形となるものを角馬出と呼びます。戦闘の時は敵の侵入を防御し、外部へ出撃する拠点となります。中世の城郭では変則的な形態ですが、近世の城では丸馬出、角馬出が造られました。岩出山城の馬出は徳川型の丸馬出です。

榊原康政は、戦乱を逃れるため土地から離れていた住民や百姓に、家に戻ることを勧める通達を出しました。

奥羽仕置で政宗はこの地（三〇万石）を賜ったものの、それまで居城のあった米沢など（四〇万石）は取り上げられてしまい、実質的には減封でした。さらに岩出山への移封を命じられます。天正十九年（一五九一）九月二十三日、岩手沢城へ入り、岩手沢を岩出山に改めています。

十月十五日に岩出山の地形見分を行い、家臣に屋敷を割り当て、雪が降る前にと、百姓に命じて、急いで仮屋を造らせました。そして家が完成するかしないかのうちに家臣らが妻子、家人を引き連れて、引っ越しが始まります。それは米沢から奥羽山脈を越えて、武士だけでなく町人も含めた大移動です。

奈良時代以降、奈良や京都では牛車が使用されていたものの、日本は山道と湿地が多く、道路事情が悪かったため、戦国時代に荷物運搬用の車利用は織田信長が道を整備して使用した以外ありません。荷車の発達は江戸時代以降のことです。江戸時代前期にようやく大八車が発明されました。したがって、政宗の米沢からの移動では、荷物は馬に載せるか、人間が持つか、担いで運ぶしかなかったと思われます。街道筋には移動する人や馬の列がみられたようです。

この移動の途中、政宗の第一子である秀宗が柴田郡村田城で生まれました。十一月十四日には侍屋敷、鷹匠屋敷を設けて家臣を住まわせています。

政宗が入部する前年の天正十八年（一五九〇）まで岩手沢城主は大崎氏の重臣、氏家吉継でした。政宗の援助を得て、大崎氏と戦っていましたが、同年病死してしまいます。男子がいなかったため、家は途絶えることになりました。

政宗が入部する以前の城下町についての資料はほとんどありません。城山が北面から東側にかけて急峻な形態であることから、住民の集落は城山の南面から西側に展開していたと考えられます。現在のような東側に町の中心を持ってきた町割りは、政宗が移城とともに行ったと考えられてきました。

政宗は城下のライフラインを確保すべく、江合川に大きな堰を築き、さらに前からあった松沢川を掘削して川幅を広げ、河床を低くして水路としました。取水用の木造樋門は縦一四・四メートル、横九メートルにも及ぶ大きなものでした。ここに江合川を堰き止めて貯まった水を流しました。これは町の外郭をなす「一の構え」の内側を流れることから内川と呼ばれています。戸田浦（有備館の対岸）で採水し、城を守るだけでなく生活に必要な水を確保する、外堀兼灌漑用水路として利用しました。

城の下に「二の構え」と称する高さ三メートル、幅六メートルの土塁を五〇〇メートルにわたって作り、土塁の前には幅九～一〇メートル、深さ一・五メートルの濠をめぐらし、二の構えの内側には武家屋敷が並びました。また、城山を挟んだ反対側を流れていた蛭沢川をも堰き止めて、堀を造り内川の水と合流させて、町中に用水路を張り巡らしました。一の構えの外側には玉造川（江合川）が流れて、舟運に利用されたようです。

『岩出山大観』という書物によれば、内川の水は大崎地方の水田を潤し、古川で緒絶の流れを作り、涌谷に至って名鰭沼《なびれぬま》に流れ込み一大湖沼を形成しました。さらにこの水は荒野だった現在の美里町に流れ込み、長沼となりました。

万治三年（一六六〇）頃より仙台藩は、ここに溜まった水を潜穴《せんけつ》（トンネル水路）を使って排水しました。結果、周辺の新田開発が始まり、美里町のあたりに大きな田園地帯が出来上がりました。この新田が後に境界争いを引き起こします。涌谷と登米の伊達家一門同士の争い、つまり伊達騒動の一つです。

政宗が岩出山に移ってきて行った町割は、当時の奥州にはない洗練された都市計画によるものでした。一〇年間に町の人口は一万人前後から四万人弱まで膨れ上がりました。ここまで人口が増えると、その生活を支える食糧を確保することが次第に難しくなったと思われます。

大崎平野を中心に食糧の生産は増大しましたが、それを上流の岩出山まで運搬するためには舟運を必要としました。現在、大崎市岩出山総合支所がある地区に船場という名前が残っており、船着き場だったことが推測されます。江合川の流れは早く、物資の運搬には苦労したようです。

四万人分の燃料、生活用品を確保するということも大変だったのではないでしょうか。江戸時代、一人当たり年間一〇本の木材を使用したとされています。年間四〇万本の木材が必要だったのであれば、岩出山周囲の森林は伐採しつくされていたのかもしれません。

政宗が米沢から岩出山に移動してきた一〇年後、仙台に移府した時点での仙台の町の人口は五万二〇〇〇人といわれています。天正十八年（一五九〇）から慶長五年（一六〇〇）の間に文禄の役や、関ケ原の戦いなどがあって、政宗は山城の国（現在の京都）の伏見に住む期間が長かったようです。この時期に諸国の有能な人間や、関ケ原の戦いで敗れ、浪人となった者の中から様々な技能を有する者を伊達家に抱えています。大崎平野を中心に新田開発する目的で、武士以外の職業の人間も入り込んだと思われます。四万人の人口は現在の地方の小都市の感覚ですが、当時としては大変な人数でした。

江戸時代、日本で一〇万人以上の都市は江戸、大坂、京都の三箇所だけでした。一七世紀に五万人を超える都市は金沢六万八六三六人（元禄十年・一六九七年）、名古屋六万三七三四人（元禄五年・一六九二年）、堺六万三七〇六人（元禄八年・一六九五年）、長崎五万三五〇〇人（元禄七年・一六九四年）であり、大藩の城下町か、海に面した港町でした。岩出山も伊達家の城下町として四万人を抱えていたのも、伊達家の大きさからいえば当然の人数といえます。一五九〇年代の一〇年間、岩出山は江戸から北の地方では最も大きな都市でした。

現在、岩出山には約一万人が生活していますが、戦後の人口の多かったときで二万人。しかも明治以降、近隣の村を合併しての数字です。一五九〇年代に岩出山の町内に四万の人間が住んでいたというのは驚くべきことです。

このようなことが出来たのは町の基本設計が優れていたことが、その理由として挙げられます。城下町の基本設計（町割）を行ったのは一体誰でしょうか。政宗と彼のブレーンにそういう能力があったのでしょうか。

徳川家康は天正十八年（一五九〇）八月一日、秀吉の命により駿河・三河・遠江・甲斐・信濃という東海道の五箇国から、未開の関八州へ移封され江戸城に入りました。湿地帯に板葺きの粗末な家々、北条家家臣の居た城の外廻りには石垣もありませんでした。家臣の本田正信は城の改築を進言しますが、家康は大規模な城郭建設の前に、都市の基盤整備を考えていました。

まちづくりは、江戸城へモノを運び込む水路づくりから始めました。水路を掘った土は埋め立て用に使い、「道三濠」と呼ばれた運河の両側には町人町が建ちました。入城前から上水道の設置を準備し、神田上水が造られました。水浸しのような湿地帯です。神田山を崩して埋立て地を造りました。本田正信が指揮した埋立て地を造成する土地活用は、次々と新天地を生み出しました。

まさに江戸の開発に着手していた時期に家康は岩出山に来ています。江戸でのまちづくりで得られた知識や技術を岩出山の町にも注いだのではないでしょうか。

例えば江戸の町割りを行うに当たって、家康は京都の町にならい、陰陽学の原理である四神相応に基づいて江戸のまちづくりを行ったといわれています。これは東に青龍が宿る川、南に朱雀が宿る平野もしくは海、西に白虎が宿る大通り、北に玄武が宿る山という配置を基本とする都市の構成です。京都が代表的な都市とされていますが、江戸でも東の隅田川、南の江戸湊、西の東海道、北の麹町台地、本郷台地があてはまります。岩出山では東の江合川、南の大崎平野、西の最上街道（南沢から鳴目、川渡へ抜ける道）、北の天王寺、栗駒山となるのでしょうか。それまで南西を向く形だった城の門を東向きにしましたが、それに合わせて街並みを東側に展開させる都市計画としています。そうすることで四神相応に基づく町の形となりました。

ところが仙台の町は四神相応の考えとは関係なく、広瀬川が城と町を分断する形になっています。岩出山と仙台では町の設計思想が全く異なっていることがわかります。政宗は家康への対抗心から敢えてそのような設計をしたのでしょうか。あるいはそのようなことを知らなかったのでしょうか。

後に政宗は四神相応に基づくまちづくりを行っています。娘である五郎八姫が嫁いだ徳川忠輝の高田城（現在の新潟県上越市）です。文禄の役に出兵した後、江戸、京都などを見る機会があり、まちづくりを学習したようです。

政宗の新領国の居城として岩出山城を選んだのは徳川家康であったと推測されていま

す。新領国の地理的中心だったことと、当時の幹道だった奥大道と大崎から出羽に抜ける道が交差する交通の要衝に位置していたこと、堅固な山城であったことが選定の理由と思われます。

家康が岩出山から江戸に帰る途中、仙台の天神社のあたりで政宗と会見、食事をしました。後に二代藩主伊達忠宗はこの場所に東照宮を勧請し建立します。この会見時に岩出山の城と城下町の設計（城割と町割）について説明したのだろうと推測できます。家康自慢の都市計画だったのではないでしょうか。

城の作り方を岩出山と仙台とで比べると、その考え方の違いに気がつきます。どちらも山城ですが、岩出山の城は西側の山に連なる部分を除き、三方を侍屋敷と堀で周囲を囲み、町中の丘に城を構えた形になっています。天守閣はないものの、藩主の住む山上の館を町の象徴として、それを強調する都市景観を作り上げています。

これに対して仙台城は、同じ山城で非常に攻めにくい構造ですが、城下町とは広瀬川により隔てられており、両者をつなぐ橋は多い時でも三つ（大橋、澱橋、中の瀬橋など）しかありませんでした。城下町は河岸段丘の上に作られましたが、生活に必要な水を確保するのが難しく、毎日水を汲みに広瀬川河畔まで下りていかなければならなかったようです。町の西北は山々に囲まれ、南には広瀬川、名取川が流れ、東には宮城野が広がるものの水がないため、萩が生い茂る野原が広がっていました。周囲に水田は少なく、遠くから米、食料を運んでこなければなりませんでした。結局、水を確保するために、四ツ谷用水を十数年かけて造り、米を運び込むために、いわゆる貞山堀を造ることになるわけです。

岩出山のほうが家臣にしてみれば住みやすかったと思われますが、家臣の都合など考えない時代でした。また岩出山に住むということは、それだけ米作地を住居用に転用するわけで、少しでも米がほしかった政宗は家来の住居は米が作れないような場所にと考えたのかもしれません。

このような仙台、岩出山の町を芭蕉が訪れました。岩出山については、『おくのほそ道』の文中には平泉での話の後に、「南部道遥にみやりて、岩手の里に泊る」という形で出てきます。平泉で前半が終わり、後半はこの一文からスタートします。非常に重要な位置に置かれた文ともいえます。

昔から芭蕉の『おくのほそ道』には謎が詰まっているといわれてきました。芭蕉の行動の意味を探ろうと様々な観点から解釈がなされてきましたが、芭蕉のほうが一枚上手なのかしっくりくるような解説はありませんでした。

芭蕉が一泊した岩出山を中心に彼の行動を分析し、その意味を探っていたところ、思わぬ人との接点が見えてきました。芭蕉にとってその人との関わり合いが、どれだけ大きかったのかは知る由もありませんが、ひょっとしたら『おくのほそ道』の旅はその人に会うことが目的だったのかもしれません。

参考図書

一．岩出山町史編さん委員会『岩出山町史　通史編・上巻』大崎市　二〇〇九
二．仙台市史編さん委員会『仙台市史　通史編3　近世1』仙台市　二〇〇一
三．内藤　昌『新装版江戸の町（上）』草思社　二〇一〇
四．岩出山町史編纂委員会『岩出山町史文書史料第1集　岩出山大観』岩出山町　一九九九
五．高倉　淳『仙台領の潜り穴』今野印刷、二〇〇二

第二話　奥州街道から外れた旅

芭蕉が東北を旅した元禄二年（一六八九）は江戸幕府が開かれた慶長八年（一六〇三）から八六年目になります。生類憐みの令で有名な五代将軍、徳川綱吉が将軍になって（延宝八年・一六八〇）九年目です。江戸の町は水路、橋などが整備されていましたが、何度か大火も経験していました。ポルトガル人の来航が禁止され（寛永十六年・一六三九）、鎖国状態となって五〇年経過し、日本独特の文化が江戸を中心に花を咲かせていました。仙台藩では三代目藩主綱宗が不行跡を理由に隠居となり、二歳の亀千代（後の綱村）が四代目藩主となって、三〇年が経とうとしていました。四ツ谷用水、北上川工事、伊豆野堰などの土木工事が完成し、さらに新田開発を進めましたが、皮肉なことに新田の境界争いから伊達騒動が起きてしまいました。

文化の花咲く時代ではありましたが、当時の旅行用地図を調べますと、正確な地図は出回っていなかったことに驚かされます。正保元年（一六四四）幕府は統一した基準をもって諸国に国絵図の提出を命じ、提出された絵図を基に日本の地図を製作しました。それは伊能忠敬の地図が作られるまで、最も優れた地図でしたが、これは幕府の機密情報でもあったので、公表される事はありませんでした。

一般用としては浮世絵師石川流宣により製作された『本朝図鑑綱目』（貞享四年・一六八七）のような地図が使用されたと思われます。これには宿場が描かれていますが、福島、白石、川崎、仙台ときて、その上に秋田や八戸が並び、松島の右に牡鹿半島、金華山が並んでいます。芭蕉が通った石巻街道、一関街道、奥州上街道の記載はありませんでした。

芭蕉に同行した曾良は地理の勉強もしていたので、一般の人が得られない情報を持っていたとも考えられますが、実際は現地で得られた情報をもとに自分たちの足で、地図の不足分を補ったのではないかと思われます。またそういった情報を集める旅であったのかもしれません。

芭蕉らは仙台から北に関しては意識的に奥州街道を避けているかのように歩いています。その苦労があったから『おくのほそ道』という紀行文の題名になったのかもしれません。しかし実は、この題名は芭蕉が考えたものではありません。

おくのほそ道という名前は、実は仙台市宮城野区の北部の岩切にある小道の固有名詞でした。正平六年（一三五一）奥州紀行した遍歴の歌人宗久が『都のつと』という書に、「さてみちの國たがのこふ（著者注　多賀の国府　中世の多賀国府は岩切にありました）になりぬ。それよりをの丶細道（著者注　小野の細道）といふ方をみなみざまに末の松山へたづね行て…」と書きました。それを「をのく細道」と誤って読まれ、更に「おくの細道」に転化したのではという意見もあります（『おくのほそ道の想像力』　笠間書院）。文明十八年（一四八六）に聖護院門跡だった道興准后の回国修行の旅紀行『廻国雑記』にも「奥の細道（岩切）、松本（泉区松森）、もろをか（利府町）、あかぬま（利府と松島の間）、西行がへり（松島）などいふ所々をうち過ぎて松島にいたりぬ」とあり、芭蕉の旅の四三〇年も前から「奥の細道」という固有名詞が存在していたことがわかります。

　芭蕉も、その『おくのほそ道』の中で「かの画図にまかせてたどり行けば、おくの細道の山際に十符の菅有」と記しており、仙台で知り合った北野や加衛門にもらった仙台周辺の名所を記した画図に、おくの細道という名前が出ていて、これを引用したことが推測されます。

　この「おくの細道」に対して「奥大道」という名称の街道がありました。古代蝦夷対策として岩切から色麻、玉造、伊治、覚鱉、胆沢、徳丹、志波の各城柵へと南から北に続く東山道（中世奥大道）がその道です。『奥州名所図会』によると、奥州藤原氏討伐のために源頼朝が多賀城に陣を構え、平泉を目指して三方の道から大軍を率いて攻めたうちの一つが「奥大道」という公道で、もう一つが「奥の細道」とよばれた古道とされています。

近世になって仙台藩は奥州歌枕を整備し、「十符の浦」に至るこの古道を「奥の細道」とよんでいます。奥大道をその後の奥州街道とすれば、奥州街道を意識的に避けて旅した芭蕉の思いが伝わってくるような題名ではないでしょうか。

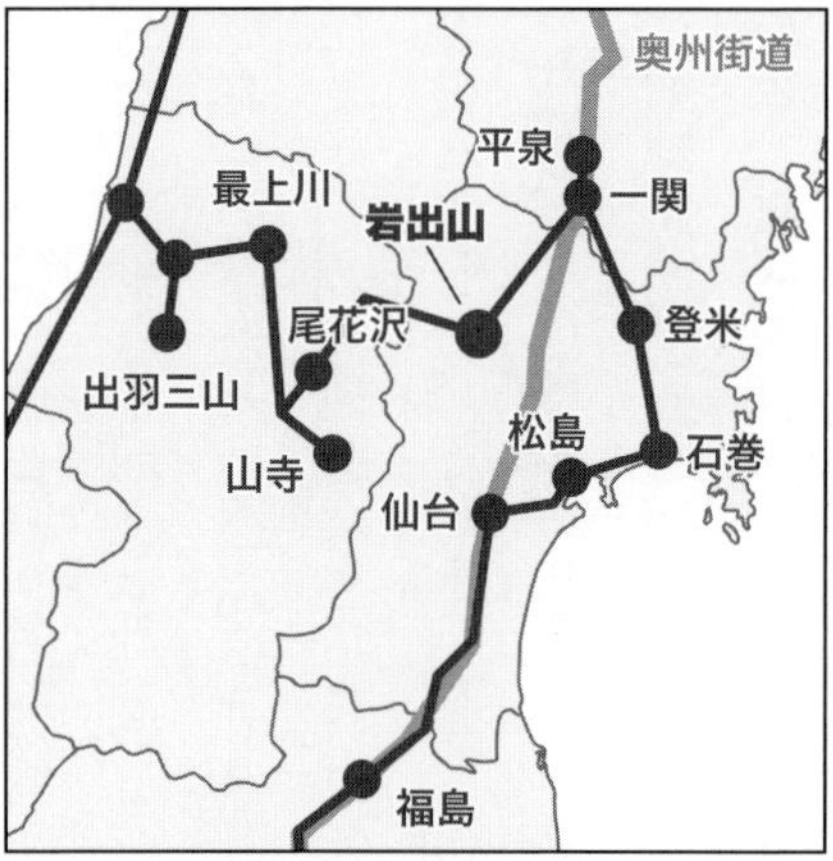

芭蕉が辿ったルート

仙台より北の旅ではほとんど奥州街道を避けて歩きました。特に石巻街道へ進んだことは曾良の日記と内容が異なることから、これまで様々な解釈が行われてきました。

石巻に行くまでの状況を現代語にすると、「平泉を目指して歩き出し、あねはの松、緒だえの橋などの歌枕があるのを人づてに聞いて、人通りの少ない猟師や木こりが行き交う道を、どれがどれやら見当もつかずに行くうちに、道を間違えて石巻という港へ出た。こがね花咲くと詠まれた金華山は、はるか海上に見渡され、湾内に数百の廻船が集まり、家が土地を取りあうように建て込んでおり、あちこちの竈から煙が立っている。思いがけず賑やかな所に来たなあと、宿を借りようとしたが、誰も貸してくれなかった。」と書いています。

ところが、曾良の随行日記では、全く違う内容になっています。石巻へは予定のコースだったようで、迷うこともなく石巻街道を歩き出しました。ただ、暑い日だったらしく、矢本で喉が渇いてしまい、民家に白湯を飲ませてほしいと頼みましたが、次々に断られてしまいました。これをみていた年配の武士が、知人の家まで案内して白湯を飲ませ、さらには石巻の宿まで紹介してくれたことを記載しています。

仙台藩は奥羽仕置と関ケ原の処分で、領地が減らされたため、領内の大規模な治水工事による新田開発を続けました。荒れ地を田に替え、表高六二万石ですが、実質一〇〇万石を超えるまでになり、年貢米を収めた後に出る余剰米を藩が買上げて、海路、江戸に運びました（廻米）。江戸の消費米の三分の一を仙台米が占めた時期もあり、藩政後期には藩の現金収入の四割がこの廻米からあげられていました。

仙台領より北の地方（津軽藩、八戸藩）から江戸へ米を運ぶ船が、金華山沖の荒波で遭難することが多かったようです。そのため三陸の追波湾に注いでいた北上川本流の流れを変更する工事が行われました。波静かな石巻へ七割、追波湾へ三割流れるようにしたことで、追波湾から入った船が安全に内陸の北上川を通って石巻に出られるようになりました。また南部藩は北上川航路を利用して米を石巻に運びました。その廻船の基地となったのが石巻でした。石巻の港に四五棟の藩蔵が建ち、米を運ぶ川船八〇〇隻、外洋航海用の千石船五〇〇隻が並んでいました。

石巻を出た船は当初、房総沖の荒波を避けるため、那珂湊や銚子で川に入り、そこから内陸の水路と陸路を継いで江戸に入っていましたが、幕府は米を安全に輸送する目的で、川村瑞賢に航路の改良を命じ、東廻り航路を完成させました（寛文十一年・一六七一）。そして仙台荒浜以南の海岸の要所に立務所を置き、廻船の監視、救難にあたらせました。千石船は房総沖から江戸湾に入らず、一旦、三浦半島、伊豆下田まで流させ、風を待って江戸湾に入るようにしました。それによって内陸の水路を経ずとも、船で直接江戸湾に入ることが可能になりました。

芭蕉は石巻を知らなかったような書き方をしていますが、芭蕉が住んでいた深川の芭蕉庵は仙台藩の蔵屋敷が近くにありました。仙台米の終点である深川の様子を見ていた芭蕉にとって、船乗りらが「三十五反の帆を巻き上げて、行くよ仙台、石巻」と言っていた石巻はぜひ見ておきたい町だったのでしょう。川村瑞賢は芭蕉と同郷で知り合いだったともいわれています。

歌枕とは縁のない石巻を物語に突然登場させるには、「道を間違えて偶然辿り着いた」、と書くしかなかったのでしょう。

石巻に到着した翌日は旧北上川の跡に沿って、一関街道を北上しました。大きな川を付け替えるという最先端の技術と、その結果としての北上川の流れ、舟運、新田開発などをじっくり見ながら歩いています。治水関係の技術者でもあった芭蕉には非常に興味があって、楽しみにしていた地域だったと思います。

ところがその夜、石巻で登米の宿を紹介されていたものの、泊まることが出来なくなり、検断（村役人）の家に泊めてもらうことになりました。その経験を石巻の夜の経験として「宿からんとすれど、更に宿かす人なし」と記載しています。

幹線の街道から外れると、街道や宿場などが整備されておらず、知人のいない地域で、道に迷い、聞き取れない言葉に戸惑い、宿の心配をしながらの心細い旅になっていたようです。

参考図書

一．小林文夫「奥の細道　覚書　松島から平泉迄」『連歌俳諧研究　第7・8号』俳文学会　一九五四

二．三好唯義・小野田一幸『図説日本古地図コレクション』河出書房新社　二〇〇四

三．高橋富雄『宮城県の歴史　県史シリーズ4』山川出版社　一九六九

四．北村純一『伊賀の人・松尾芭蕉』文藝春秋社　二〇〇二

五．飯野哲二『おくのほそ道の基礎研究』思潮社　一九三九

六．松村友次『「おくのほそ道」の想像力』笠間書院　二〇〇一

第三話　芭蕉と伊達家の関係

芭蕉の知人が岩出山にいたのかもしれないという話をしましたが、その知人が仮にいたとするならば、どのような人であったかを考えてみましょう。江戸時代から芭蕉に関しては膨大な研究が行われていますが、その中から伊達家との関係について述べられたものを探し、検証する作業から始めたところ、興味深い話がありましたので、その話を紹介します。

まず芭蕉の出生についてまとめます。芭蕉は正保元年（一六四四）、伊賀上野の赤坂町で生まれたとされています。父は與左衛門、兄、姉と三人の妹がおりました。父の家は無足人といって準武士待遇の農民でしたが、家を離れて上野へ出た與左衛門は農民の階級であったと考えられています。実際、赤坂町は農民が住む町とされていました。ただ、松尾という苗字が許されていたらしく、赤坂の町の中では一目おかれていた家だったようです。

藤堂藩の史学者、桃井舎竹人の『芭蕉翁全傳』によれば、「母は伊予国の産、いがの国名張に来りて、その家に嫁し二男四女を生ず」と伝えられています。この母の出身地については、確認されてはいないというのが定説ですが、今でも宇和島では芭蕉の母は伊予の出であると信じられています。この「芭蕉の母は伊予出身説」の話を進めます。

江戸時代後期、仙台藩に遠藤日人《あつじん》という、藩お抱えの俳人がいました。年に十日だけ城に顔を出すだけでよいという身分であり、この立場を利用して彼は日本全国を歩き回り、芭蕉とその弟子、百余名の家々や菩提寺、関係者の家を訪ね、芭蕉について詳しく調べ上げました。彼が編纂した『芭蕉傳』、『蕉門諸生全伝』は『芭蕉翁全傳』と並んで芭蕉研究の重要な資料です。日人は俳句のほかに絵画、書、長刀にも才能をみせていましたが、辞世の句が「行いてあわん　孔子　貫之　義之　芭蕉」と、かなり豪快な人間だったようです。

『宮城縣史第14巻俳諧研究篇』によれば、この日人の旅日記が仙台にあって、その中に芭蕉の祖母の生家は仙台の家中の出で、宇和島の支藩吉田の家士に嫁ぎ、藤堂氏が伊賀に転ずるに当たってこの祖母の家も共に移った、という記述があります。しかし、その日記は門外不出として秘蔵されているらしく、それ以上のことはわからないのが現状です。

ここで歴史の流れを見てみましょう。伊達政宗の第一子である秀宗は天正十九年（一五九一）に生まれました。岩出山で文禄二年（一五九三）から翌年まで暮らした後、豊臣秀吉の猶子（養子に準ずる）となり、伏見聚楽第で豊臣秀頼らと生活しています。関ヶ原の戦いでは西軍の人質として、宇喜田秀家邸に収容されています。大坂冬の陣では政宗とともに参陣。その功などにより慶長十九年（一六一四）十二月、政宗に与えられた伊予宇和島一〇万三〇〇〇石を継ぐことになります。宇和島藩の初代藩主となり、翌年三月入部する際には、家臣五七騎、二千人が宇和島に同行しました。

秀宗が入部する前に伊予を治めていたのが藤堂高虎で、慶長十三年（一六〇八）に伊予今治（二二万石）から伊勢・伊賀（二二万石）に移封となります。

秀宗が宇和島入りする直前は幕府の直轄地でしたが、藤堂新七郎良勝が城代として赴いていました。その後、政宗の命を受けた山家清兵衛が当地を訪れ、秀宗入府の準備をしますが、この時に良勝が面倒をみたといわれています。藩主藤堂高虎の従弟でした良勝は大坂夏の陣の八尾の戦いで戦死しました。

高虎の移封から遅れて二二年後の寛永七年（一六三〇）、高虎の嫡男である高次が宇和島から伊賀へ、寛永十二年（一六三五）には高虎の養子高吉が伊予今治から伊勢、さらには名張へと領地替になっています。

一九歳になった芭蕉が出仕するのが良勝の子、四代目藤堂新七郎良精です。五代目になるはずであった良忠（蝉吟）に近習役として仕え、可愛がられますが、この良忠が二五歳で死去してしまい、芭蕉は出世コースから外れてしまいます。それから六年の後、芭蕉は江戸に向かいます。

ここからは私見です。

芭蕉の生まれた年から逆算すると、祖母の生まれは一五九〇年代でしょうか。伊達政宗は天正十九年（一五九一）に米沢から岩出山に入部し、さらに慶長六年（一六〇一）には仙台に入部しています。祖母は小児期を岩出山、仙台で過ごし、宇和島へ移動したのかもしれません。

藤堂高虎が伊賀に領地替になるのは伊達秀宗が伊予に入る前の話ですので、祖母が仙台藩の家中の人であれば、高虎と一緒に移ったとは考えられません。伊達家とは関係のない人であったとしても、一六〇八年以前に伊予で娘を産み、その娘が三六歳を過ぎて芭蕉を産み、その後三人の娘を産んだことになってしまうからです。高齢出産が当たり前の現代の感覚でも、ちょっと無理な話かと思われます。

良勝は秀宗入部と入れ替わる形で宇和島を離れますが、入れ替わりの間に芭蕉の祖母の結婚、出産というのは時間が足りないかもしれません。むしろ高次あるいは高吉に従って伊予から伊賀へ移ったのであれば、芭蕉の母の誕生、結婚さらには母が芭蕉を産んだ年齢といった時間の流れが自然なものになります。

藤堂新七郎家は代々新七郎を名乗るわけですが、芭蕉が仕えることになった経緯を想像すると興味深いものがあります。芭蕉の母が良勝もしくは良精の娘だという説もあります。荒唐無稽すぎて今では問題にもならない話ですが、血の繋がりはないにしても、歴史の同じ流れに一度は一緒に乗り合わせたのかもしれません。芭蕉の祖母、母の一族（桃井家あるいは桃地家）と藤堂新七郎家の間には何らかの関係があったのでしょうか。

秀宗らと行動を共にすることになった時期が、仮に伏見での生活より前の段階からということになると、実家もしくは親戚の家が仙台や岩出山にあっても不思議ではありません。また祖母が仙台藩の家中の人であったのなら、仙台領は芭蕉にとっても親しみのある、憧れの土地であったと思われます。

一関から一日歩き続けて岩出山に着いた後も、芭蕉は江合川の川辺を元気良く歩き回ります。実は芭蕉は江戸に出てきて、俳匠として生活できるようになるまで、神田用水の工事監督をしています。江戸城でも使用される水の管理を任されていたわけで、かなり利水に関して深い知識を持っていたことが推測されます。神田川から神田上水が取水される文京区関口に大きな堰があり、深川に移動する前に、三～四年間を芭蕉はここで寝起きして過ごしたという話があります。

『おくのほそ道』、『奥の細道随行日記』を見ると、芭蕉は当時、最先端の土木治水技術を駆使して建設された、仙台領の重要なポイントを見て歩いていることがわかります。仙台領での旅の目的は利水技術の視察といってもいいような行動です。四ツ谷用水、北上川改修、伊豆野堰、潜穴技術による新田開発など、しっかり見たと思われます。岩出山についてては祖母から得た知識があったのであれば、懐かしさを感じながら大堰や内川を観察したのではないでしょうか。そして祖母方の親戚と岩出山で出会ったのかもしれません。祖母の親戚となる可能性のある家を岩出山の町内で探していたら、伊賀上野と岩出山の不思議な関係が見えてきました。

参考図書

一．佐藤豹五郎「俳諧研究篇　晴湖庵日人」『宮城縣史14』宮城縣史刊行会　一九五八
二．岡村健三「藤堂新七郎家について」『國語國文　30巻　第6号』臨川書房　一九六一
三．大松騏一『神田上水工事と松尾芭蕉』神田川芭蕉の会　二〇〇三

第四話　一関から岩出山へ

元禄二年（一六八九）五月十四日（陽暦六月三十日）、芭蕉と曾良は一関を出発し、その日の夕方、約六〇キロメートル離れた岩出山に到着しています。半端な距離ではありません。しかも奥州街道ではなく山側の奥州上街道を歩きました。そこは整備されていたわけでもなく、山をいくつも上り下りする行程です。当時芭蕉は四六歳。毎日歩き続けていたとはいえ、そのような体力が本当にあったのでしょうか。次の三つの疑問について考えてみたいと思います。

（一）　本当に一日で移動したのか？

この長い一日を芭蕉は「南部道遥にみやりて、岩手の里に泊る」という短い文で表現しています。「遥に」という言葉には平泉よりもっと北に進みたかったという思いが込められているというのが定説ですが、一日かけて長い距離を歩き、岩出山まで辿り着いた気持ちも表現したかったのではないでしょうか。残念ながら、この文だけでは急いで移動した状況は全くわかりません。

ここで同行した曾良が書き残した『随行日記』の登場です。曾良は旅の先々であった事実を詳細に記録しており、後世の『おくのほそ道』の研究には非常に有用な資料となっています。

この日記によれば、当日彼らは奥州上街道を南へ歩いています。一ノ関、岩崎、真坂（栗原市）、岩出山の行程で一一里半、更に岩出山の入り口である天王寺追分から岩出山に入らず、小黒崎を見ようと一栗村まで二里歩き、暮れてきたため岩出山に戻ってきています。

二人が一日で移動したのは事実のようです。また、曾良の日記に馬やかごに乗った記載もないことから徒歩で歩き通したのでしょうか。夏至の頃であり、日の出は午前四時、日の入りが午後七時として、夜明け前から一五時間程歩き続けたことになります。歩幅が六〇センチメートル位とすると約一〇万歩、約三六〇〇キロカロリーの運動量になります。運動しなくても必要な基礎代謝の分を八〇〇キロカロリーとすると、一日米三キログラム程食べることが必要になります。かなり大きなおにぎりを持って歩いたのではないでしょうか。

(二) 何故急いだのか？

当時も奥州街道が旅の表街道であり、ここを通ってあねはの松を尋ね、古川で緒だえの橋を見てから尾花沢へと進むのが、歌枕を尋ねる旅としては一般的なコースだろうと思います。しかし芭蕉は、参勤交代にも使われていて整備されていた奥州街道を避け、山側の奥州上街道を選んでいます。

当時は民間用にはまだしっかりした地図が作られておりません。貞享四年（一六七八）に浮世絵師石川流宣が作った『本朝図鑑綱目』という日本図は交通路の情報は豊富ですが、東北地方に関しては仙台の上に秋田が来るというようなもので、実用性には欠けていました。当然、奥州上街道などは記載されておりません。幕府は諸国に命じて領内の地図（正保国絵図）を提出させて、正保日本図も編纂していたので精度の高いものが作られていたようですが、幕府の重要機密でもあったので庶民がそれを目にすることはありませんでした。実用的な旅の地図が出来るのは一八世紀中頃です。芭蕉はおそらく宿場だけを記入した街道図だけで旅していたので、道に迷うリスクも高かったと思います。

一関の台町から岩出山へ南下する奥州上街道は源義経が平泉へ逃げのびた道ともいわ

れ、同じ道を歩いて義経一行の苦労に思いを馳せたいという芭蕉の気持ちがあったのでしょうか。寄り道もせず、真坂では雷雨に見舞われています。真坂は宿場町でしたので、ここで一泊してもよかったし、真坂から鳴子へ抜ける近道も知っていたと思われますが、ひたすら岩出山を目指して南下を続けます。四日前に石巻街道を疲労困憊の状態で歩いていたのとは全く違う歩きです。

以前より、『おくのほそ道』の全行程を通して、最も長い距離を歩いたこの日の行動の理由は謎とされてきました。「芭蕉が隠密ではと疑われたり、他国の者ということで意地悪されたりしたので、仙台藩から早く出たかったから急いだ」という説があります。

私はこれらの説とは別に、「岩出山に芭蕉の知人が住んでいて、この日到着する約束になっていた」のではと考えてみました。

芭蕉の行動を検証してみましょう。

旅の日程をみますと、仙台を出発し、塩釜、松島、石巻、登米、一関、岩出山に宿泊しています。平泉を見るため一関では二泊しています。松島から一泊して平泉に行くはずだったのが、予定外に石巻、登米で二泊してしまったため、一関から岩出山に二日かける予定が一日で歩かざるを得ない状況になってしまったのではないでしょうか。真面目な芭蕉です。約束を守るためなら一日約六〇キロメートルの距離を歩いたとしても不思議ではありません。また、一関から岩出山への最短コースは奥州上街道です。初めての土地で、リスクのあるルートを進んだということは誰か道案内してくれた人がいた可能性も否定できません。

岩出山の宿に関して、『旧岩出山町史』には、

「当時の宿屋については別に記録もないが言いつたえによると、石崎屋と称した『はたごや』であったという。(中略) その頃畳の裏に、宮本屋とあるから『はたごや』の名前は宮本屋というのではないかという説もあるが、明治九年(一八七六)の火災で、丸やけになっているので、この畳は恐らくどこかよそから来たものと思う。」

と記されています。

この説に対して、金澤則雄氏の『「おくのほそ道」をたずねて』によれば、

「この説は岩出山泊が〝宿屋〟ということを前提にしている。だが『曾良旅日記』の記事に路銀消費記号が見当たらない。一関を出立するとき、芭蕉と曾良が漂泊の意識で岩出山にたどり着いたとは考えられない。当時一関→岩ヶ崎→真坂→岩出山は街道が整備され

ており、交通はかなりあったはずである。そうすれば一関で、岩出山の宿泊を予定していたはずである。芭蕉と曾良が一関で計画を立てて来たとすれば、当然岩出山は『紹介』された宿舎であったと予想される。また岩出山は、尾花沢へどう行くべきか、さらにコースの検討を必要とした地点である。そう考えてくると、必ずしも『はたごや』に旅泊したか否かさえ疑問である。『一関からの紹介状』があり、『芭蕉と曾良を宿泊させ、さらに旅の相談に応じてくれる』人物が、一万四千余石の城下町にいなかったとは思われない」と、岩出山に知人がいたことを示唆しています。

芭蕉は岩出山へ着いても直ぐには町に入らず、暗くなり始めた頃にようやく入っています。三日前に登米で宿がなくて苦労し、検断小屋に頼んで泊めてもらったばかりなのに不思議な行動です。しかし、宿が予め確保されていたのであれば納得できます。道を急いだ結果、予定より早い時間に到着してしまい、町の人の目に付かないよう土手を歩いて時間調整をしたのでしょうか。あるいはどこか見ておきたい場所が川上にあったのかもしれません。宿代を払わなかったことも、知人の家に泊まったのであれば納得できます。

仙台滞在時に岩出山の知人に連絡し、約束してあったため、この日はどうしても岩出山にたどり着かなければならない事情があって、旅を急いだのではないかというのが私の推測です。

(三) 知人がいたとしたらどんな人物なのか？

暗くなるのを待って町に入ったのはよそ者である芭蕉が、その家に入る様子を町の人たちに見られたくないという事情があったのかもしれません。芭蕉は藤堂藩の通行手形を持参していたと思われます。藤堂高虎と伊達政宗とは仲が良かったと言われてはいますが、伊賀出身の人間が出入りしたことがわかれば、その家に迷惑が及ぶのは明らかです。知人は周囲の目を気にしながら生活していた状況ともいえます。また、その知人は岩出山以降の芭蕉一行が進むべき道について、的確な指示を出しているところをみると、地元の地理に明るい人でもあったようです。

『おくのほそ道』の途中、芭蕉は何度か門弟の家に泊まっており、曾良はその家の主の名前を記録していますが、岩出山ではその記載がありません。また門弟を訪れると句会を催すことがありましたが、岩出山では句会を催した記録はありません。当時、仙台藩内でも俳諧は流行していましたが、指導していたのは大淀三千風とされ、彼の弟子が数千人いたという記録があります。岩出山に三千風の弟子はいても芭蕉の門弟はいなかったと思われます。

いくつかのヒントが曾良の日記に隠れているような気がします。町に入るまでの不審な行動について、曾良は芭蕉が「小黒崎可見トノ義也」という理由をつけて歩き出したと説明しています。同行する弟子にも時間調整していることは内緒にしていたようです。曾良に知られたくない身分の知人であることが推測されます。

曾良は芭蕉の弟子である一方、幕府の密命を帯びて行動していたともいわれていたことから、その人は幕府と対立する関係にある立場の人間であるかもしれません。結局、曾良には知られてしまったと思いますが、曾良は忖度したのか、秘密を守った日記の記載になっています。そのため、宿泊を世話した人間についての記載は全くありません。

どんな人間がどんな事情で芭蕉を待っていたかについては、三〇〇年以上も前の事ですので、少ない資料から推測せざるをえませんが、歴史の点と点を結びつけていると意外な関係が見えてくるものです。

参考図書

一．金森敦子『芭蕉はどんな旅をしたのか』　晶文社　二〇〇〇
二．三好唯義・小野田一幸『図説日本古地図コレクション』　河出書房新社　二〇〇四
三．岩出山町史編纂委員会『岩出山町史　上巻』　岩出山町　一九七〇
四．金澤則雄『「おくのほそ道」をたずねて』　宝文堂　一九七三

第五話　塙団右衛門の話

突然ですが、時代を戦国時代まで戻します。

塙団右衛門という人物をご存知でしょうか。講談、浪曲の世界では有名な戦国時代の豪傑です。芥川龍之介の『古千屋』、司馬遼太郎の『言い触らし団右衛門』といった小説にもなっていますので、読んだことのある方もいらっしゃるかと思います。

塙直之（永禄十年・一五六七？～元和元年・一六一五）、通称団右衛門、出自は不明で、生国も尾張・遠江・下総と様々な説があります。少年の頃から屈強で一五歳頃には大人以上の体格だったようです。織田信長・豊臣秀吉に仕えるも酒癖の悪さと喧嘩癖で放逐されたとか、本多忠政、大須賀忠政（榊原康政の長男）に仕えるも出奔したとか、北条綱成に仕えてから加藤嘉明に仕えたなどと伝えられております。

加藤嘉明に仕官して文禄の役（朝鮮出兵）に参加し、敵の番船を奪い取る大功を挙げます。関ケ原の戦いでは二〇〇名を率いる鉄砲大将に抜擢されます。指揮官となりましたが、味方の進退を援護する立場を忘れ、戦闘開始と同時に自ら槍を手に前線に繰り出し、敵中に突入して奮闘してしまいます。結果、加藤家の鉄砲隊は戦場で大した活躍ができず、主君の嘉明から「所詮、お前は一軍の将となる器量にあらず」と叱責されます。

怒った団右衛門は無断で出奔。城門の扉に「遂ニ江南ノ野水ニ留マラズ高ク飛ブ天地一閑鷗」という詩を貼って出て行きます。杜甫が書いた旅夜書懐を思い起こさせる詩です。天空に舞い上がる一羽の鷗におのれを託し、嘉明に対する気概を示したようです。

当然、嘉明は激怒しました。その後、団右衛門は小早川秀秋・松平忠吉に仕えますが、どちらも主家が断絶。その後、福島正則に一千石の馬廻で仕えますが、旧主・嘉明からの抗議を受けて浪人の身になってしまいます。奉公先がなくなった団右衛門は京都妙心寺の雲水となったとも、常陸水戸の知人の許に身を寄せたともいわれます。

やがて大坂冬の陣となり、大坂城へ入城して大野治房の下で、騎馬武者一〇騎と足軽一〇人を率いる物見役になります。一躍名を挙げたのは「本町橋の夜襲戦」です。撤退の時に「夜討ちの大将　塙団右衛門直之」の目札を多数ばらまいて引き揚げ、その名を轟かせました。

夏の陣ではその前哨戦ともいうべき「樫井の戦い」に登場します。秀吉の義兄弟にあたり、五奉行筆頭だった浅野長政の次男、紀州和歌山城主浅野長晟が徳川方に従って五千の兵を率いて大坂城に向けて出陣します。それを聞いた大坂方の大野治房が、二万の大軍で浅野隊めがけて進軍します。大坂方の動きを知った浅野隊は樫井まで後退し、体制を固めます。

翌日、大野隊先陣の塙団右衛門は岡部則綱と先陣争いを始め、浅野隊に単騎突撃して奮戦の末に壮絶な討死を遂げます。彼の死により緒戦は豊臣方の敗北となり、その後の戦いに大きな影響を与えました。剛勇な酒豪で名高い団右衛門ですが、茶の湯を学んだ優れた詩人、文化人でもあったようです。

さて、岩出山の初代館主は伊達政宗の四男、宗泰です。慶長七年（一六〇二）、山城国（現在の京都）伏見の屋形で誕生しました。二歳の時に仙台に移動して岩出山の館主となりますが、一三歳で元服するまでは仙台城で育っています。岩出山館主として、伊達一門に列し、武人として、領主として優れた資質に恵まれていたとされています。政宗と共に行動することが多く、将軍家からの信頼も厚かったようです。寛永十五年（一六三八）、三七歳にして江戸で没しています。

この宗泰の母祥光院は明暦三年（一六五七）四月に七四歳で死去し、岩出山の祥光寺に葬られています。過去帳によれば塙団右衛門の娘となっているそうです。住職である笹原氏に会った際、祥光院について聞いたところ確かに塙氏の娘だと教えていただきました。しかも小説等では子供がいないことになっている塙団右衛門には末裔がおり、二日前にその子孫が開山三五〇年記念に当寺を訪れたそうです。すれ違いの不幸を嘆きつつ、現在その一族がどこにいるのか尋ねてみました。

すると、「伊賀上野」とのこと。

驚きました。芭蕉が生まれ育った地です。芭蕉が住んでいた頃の伊賀上野は商家一五〇〇余軒が棟を並べ、一万人が暮らしていたとされています。塙家と芭蕉との間にどんな関係があったのでしょう。実は塙団右衛門には娘のほかに三人の息子がいたようです。次男が伊賀上野の上嶋家の養子となっています。上嶋家は楠正成、観阿弥などを輩出したとされる旧家ですが、芭蕉と関係があったのかどうかはこれからの研究を待つところです。

伊達政宗は慶長元年（一五九六）八月、浅野長政に絶交状を送っています。その理由を十箇条に認《したた》め、最後に「これからは浅野家に行くこともまた、何かを申し入れることも一切しません」と激しい言葉を書き連ねました。十箇条の主な内容を見ると、「知行をすべて秀吉に進上したいと無理やり書かされた」というものや、「文禄の役の時、政宗が晋州城の近くまで攻めていたのに、長政の命令で退去した。後にこれが原因で政宗は皆から臆病者と噂されるようになった」というようなものです。この絶縁関係は長く続きます。冬の陣では政宗は浅野長晟の監視の任を受けています。さらに時代は下って元禄十四年（一七〇一）、江戸城松の廊下で刃傷事件を起こした浅野内匠頭長矩（浅野家傍流）を預かるのが一関藩の田村建顕（政宗の曾孫）です。建顕は奏者番[注一]という役職でしたが非番なのに登城していたため、身柄を預けられてしまいます。

浅野内匠頭は同夜のうちに一関藩江戸上屋敷の庭先で幕府の命により切腹します。一関藩では座敷を切腹の場として考えていましたが、大目付庄田下総守の命により白洲で行われました。五万石の城主に庭先での切腹は厳しい処置でした。絶縁状態でなければ違う扱いだったのではと噂され、田村家は忠臣蔵では「一に吉良、二に上杉、三、四がなくて五に田村」という悪役にされてしまいます。一八一三年の浅野家の済美録には「今に至るまで伊達家とは長く不通である」という記載があります。[注二]

ここからは私見です。冬の陣の後、大坂城は内堀まで埋め立てられてしまい、城から出て戦わざるを得ない状況となりました。夏の陣の緒戦で大野治房の軍は城を出て、徳川の兵站基地と目されていた堺を焼き討ちした後、浅野軍に向かいます。浅野を倒して紀伊の地を奪い、ここに敵を引き込んで抗戦しようという狙いがあったとされています。

夏の陣でどのような戦になろうとも、団右衛門としては政宗との直接対決は避けたいところです。伊達家と浅野家の絶縁関係は知っていたでしょう。政宗をいじめた浅野家と戦い、一矢報いる形になれば、娘や孫の伊達家内での立場も悪くはならないと考えたかもしれません。自分の個人的な戦いに他の武将を巻き込んで犠牲にすることは出来ず、単騎突入するという行動になったのだろうと推測します。団右衛門が突進した紀州街道に一週間後に陣を布いたのは政宗でした。団右衛門とは反対方向の大坂城に向かって軍を進め、徳川別働隊として活躍しました。

注一　奏者番

大目付・目付とともに三役と称され、言語怜悧英邁の人物でなくては勤まらない職とされていました。大名、旗本が将軍に拝謁する際に姓名、献上品を披露し、将軍からの下賜品を伝達したり、殿中元服の者に将軍御前の慣習を指導したりしました。任命されることは名誉なこととされましたが、礼儀作法の煩わしさ、重職ゆえ半月で免職される者も多かったようです。

注二　伊達家と浅野家のその後

その後何度か和解の機会があったものの、絶縁の歴史は現代にまで至っていたようです。『仙台市史のしおり Vol. 5』にその後の話がありました。平成六年、浅野家一七代当主長考氏と伊達家一八代当主泰宗氏が会うこととなり、同年十月三日に松島町の観瀾亭において古式に則り和解の茶事が営まれ、伊達家・浅野家の歴史的和解が三九八年ぶりに実現したというものです。

参考図書

一．佐竹申伍『剛勇塙団右衛門』光風社出版　一九八九

二．仙台市史編さん委員会『仙台市史通史編3　近世1』仙台市　二〇〇一

第六話　冷泉家の話

第五話に引き続き、岩出山伊達家と関西の関係を見ていきましょう。政宗と塙団右衛門の娘との間に生まれた岩出山初代館主伊達宗泰は、正室を水沢伊達家から迎え、嫡男右京が生まれます。ところが、それ以前に側室である京都山科の高屋大二郎の娘（瓊林院）との間に宗敏（寛永二年・一六二五〜延宝六年・一六七八）が生まれていました。高屋大二郎は豊臣の家臣で、身を隠すため服部意伯と改名していました。宗敏は五歳の時に右京を押す家臣一派から命を狙われ、懐守らに助けられながら城外に脱出して川渡、涌谷で生活しました。

寛永十五年（一六三八）宗泰は病状が悪化する中、宗敏を後継ぎ（嗣子）とする裁断を下します。右京は早世したと伝えられましたが、旧町史では幽閉されたとしています。涌谷の篦岳で生活していた宗敏は一五歳で二代目館主に迎えられました。彼の妻は石川宗敬の娘つまり政宗の二女牟宇姫の娘である千代鶴です。政宗の孫同士の結婚です。宗敏は一門に列せられ二度将軍家綱に拝謁しています。岩出山の居館や町の整備に努め、伊達騒動では古悪人とよばれながらも活躍しました。

三代目館主は宗敏の子、敏親（慶安四年・一六五一〜享保元年・一七一六）です。新田開発、産業振興に力を注ぎ、学問所を設置しました。延宝三年（一六七五）、京都の冷泉中納言藤原為清の娘毛理（於妻）を正室に迎えました。子に恵まれなかったので涌谷伊達家より、伊達安芸宗元と敏親の妹の間に生まれた五男を養子に迎えます。これが四代目村泰（天和元年・一六八一〜享保十六年・一七三一）で、於妻の弟である為綱の娘伊世を嫁に迎えています。夫の甥と妻の姪を結婚させたわけです。初代、二代館主は豊臣家臣の娘を母とし、三代、四代館主は冷泉家と姻戚関係を結び、関西との関係が続きました。岩出山に京文化が根付き、漆や竹細工などの工芸品、酒饅頭、粽《ちまき》、高野豆腐などが今日に受け継がれています。

三代目敏親が和歌の家から嫁を迎えることになった経緯については堂上歌人であった中院通茂が関与したともいわれていますが、詳しいことはわかっておりません。冷泉家と縁戚関係を結ぶことで、敏親は伊達家の中でも一目おかれる存在になったと思われます。和歌、連歌を学ぶことが武士の嗜みとされていた時代ですが、伊達家でも七世行朝（正応四年・一二九一〜正平三年・一三四八）が勅撰和歌集に四首撰ばれて以来、代々和歌に精通し、幕末まで連歌を嗜んでいます。

吉野山の花見の会で二八歳の伊達政宗がその才能を披露したのは有名な話です。多くの大名、一流の歌人に伍して秀歌を詠み、天下にその才能を披露しました。

「はなのねがひ」という題で、

おなしくは　あかぬこころに　まかせつつ　ちらさて花を　みるよしもかな

「はなをちらさぬ風」として、

とをかりし　花のこすゑも　匂ふなり　枝にしられぬ　風やふくらん

と詠みました。

当時陸奥の荒大名と思われていた隻眼の武将が意外なみやび男であったというので大いに面目を施したようです。猪苗代兼与、近衛信尋、烏丸光広、日野弘資等に就いて、歌道を学び、歌友として歌信を交わしていました。歌人天皇と称ばれた後水尾天皇の殊遇を蒙り、『皇朝類苑』を下賜せられたり、名香を賜ったりしています。

大坂城落城直後の六月、政宗は京都の二条城にて家康や冷泉中納言為満に藤原定家自筆の『古今和歌集』と、『新古今和歌集』の女流代表歌人である俊成卿女《しゅんぜいきょうのむすめ》自筆の『古今和歌集』を披露しています。家康に献上しようとしましたが「秘蔵タルヘキ由御諚アリテ」受納されませんでした。現在、定家自筆の『古今和歌集』として残っているのは安藤積産合資会社蔵となっているこの「伊達本[注一]」と、冷泉家に伝わった国宝の「嘉禄本」だけのようです。

芭蕉が岩出山に来たのは元禄二年（一六八九）、三代目館主敏親三九歳の時でした。塙家からの使者の役目があったかどうかはわかりません。ただここで興味があるのは敏親の正室、於妻と芭蕉の関係です。前置きが長くなりましたが、今回はその話をします。

芭蕉が仕えた藤堂良忠（蝉吟）は俳諧を京都の松永貞徳に学び、貞徳没後は高弟だった北村季吟に学びました。藤堂新七郎家は伊賀上野にあり、蝉吟は五千石の跡取という立場上、自由に他国に出て歩くことは出来ず、京都に出かけて直接指導を受けることはありませんでした。季吟に教えを請うには文通によるほかはなく、作品を送り採点や添削してもらっていました。俳諧の用事には俳諧に心得のある使いが望ましいことはいうまでもなく、その役目を果たしたのが芭蕉ではとされています。ただ、芭蕉の身分を考えると本当に使者として働いたのかどうか見直されているとも聞きます。

芭蕉が使者の役目をまかされたという前提で話を進めます。伊賀・京都間を往復し、蝉吟への伝達を仲介する形で季吟から直接俳諧を学ぶ機会を得たのかもしれません。季吟が編集したであろう『続山井』に芭蕉は三一句入集しています。蝉吟三三句。芭蕉といえども、一奉公人でした。この入集には季吟が蝉吟という芭蕉の後ろ盾を意識していただろうといわれています。

当時季吟は俳諧の宗匠でしたが、後に地下歌人《じげかじん》注二、歌学者として『源氏物語湖月抄』、『徒然草文段抄』、『和漢朗詠集注』などの大量の古典の注釈書を書きました。六〇歳で新玉津島社の社司となり、六六歳の時（元禄二年）江戸に招かれて幕府の歌学所で五代将軍綱吉の歌学の師となり、没するまで一六年間勤めました。柳沢吉保とも親交を結び、彼の四万八五〇〇坪の庭の造営に参加し、和歌の浦の風景を再現させました。この庭が駒込にある六義園です。

ここまでは良く知られた話ですが、ここから私の考えです。いくつかの書物に蝉吟は和歌の勉強もしていたという記載があり、冷泉家について学んだとされています。芭蕉は蝉吟の代理として冷泉家も度々訪れていた可能性が出てきました。室町時代に冷泉家は上冷泉家と下冷泉家[注三]に分かれており、どちらについて学んだかは不明です。当時の下冷泉家からは藤原惺窩やその息子為景のような儒学者を輩出しており、和歌を学ぶのであれば上冷泉家ではないかということで話を進めます。

上冷泉家は俊成、定家の末裔とはいうものの、豊臣の時代に勅勘[注四]を蒙り地方に下っています。秀吉は御所周辺に公家たちの屋敷を集めて公家町を形成しましたが、上冷泉家は公家町が完全に成立した後の慶長三年に、家康のとりなしで京都に戻ってきたため、公家町内に屋敷を構えることが出来ませんでした。旧公家町に隣接した現在の敷地（同志社大学の隣）は家康から贈られたものです。

江戸時代前期の上冷泉家は和歌の家とはいうものの、当主が為頼、為治、為清と三代にわたって若くして亡くなるということが続き、門人は少なく生活は厳しかったようです。於妻の父藤原為清の代からは門人帳が作られ、その一部が公開されていますが、元禄八年

（一六九五）に入門を許された新玉津島社の森川章尹が正徳元年（一七一一）に二人、二年後に三人と、合計五人の入門を仲介した記録が残されています。この森川章尹は若い時から北村季吟に学び、同社の社司となり、後に本居宣長の和歌を指導しています。京坂の地下歌人と広範に交流を持っていました。元禄時代、冷泉家は季吟、章尹といった新玉津島社の関係以外に門人拡大の有効な方策を持っていなかったのかもしれません。江戸時代に上冷泉家が力を持つのは八代将軍吉宗以降のことです。

余談ですがこの新玉津島社というのは定家の父である俊成が、和歌の守り神である紀州玉津島神社の玉津島明神衣通郎女命《そとおりひめのみこと》注五を勧請し、自分の住んでいた邸地に歌門の氏神として奉祭し、社殿を造営したとされています。芭蕉の時代には上冷泉家からは少し離れた、室町通りを南下した所にありました。

伊賀の有力者であった藤堂新七郎家の蝉吟が、どのような経緯で冷泉家の門人となったのかは不明ですが、俳諧の腕を挙げようとするのであれば、和歌をはじめ古典を勉強しなければならないとされていました。芭蕉は季吟のもとへ通いながら、冷泉家へも出入りして蝉吟の和歌の勉強を手伝ったことが推測されます。年代的には為清の時代です。

そうしますと於妻が上冷泉家にいた頃と時期が重なりますので、芭蕉と於妻の二人は顔見知りだった可能性が出てきます。蝉吟が亡くなるまで通ったのであれば、芭蕉が一九～二三歳、於妻が六～一〇歳の頃です。さらに蝉吟亡き後も藤堂家に仕え、季吟から『埋木』という俳諧学書を延宝二年に伝授される頃まで、京に足を運んだのであれば、芭蕉二九歳、於妻一七歳頃まで顔を合わせていた可能性があります。

冷泉家の姫君といっても、時々訪ねてくる芭蕉の顔を覚え、言葉をかわすことがあったのかもしれません。また、於妻は生母が姉妹同士ということで霊元天皇とは従兄妹の関係になりますが、その場に若き霊元天皇が寂しさを抱え、御所を抜け出して遊びに来ていた可能性があります。どういう経緯があったのか想像する領域ですが、蝉吟の子供（探丸）の面倒を見ていたであろう芭蕉にとって、探丸と同年代の子供たちの相手は楽しかったと思います。和歌に詳しい子供たちだったので、大人顔負けの会話が行われ、身分や立場を越えた信頼関係が生まれていったのではと推測します。

その於妻も一八歳で奥州の伊達家に嫁ぎますが、嫁ぐ七年前に父親の為清が亡くなっており、嫁入りの時の冷泉家当主は六歳下の弟為綱でした。

冷泉家の門人帳には元禄七年（一六九四）為綱に一関藩主の田村建顕が入門したことも記録されています。建顕は政宗の曾孫にあたり、徳川光圀と並ぶ大名歌人として知られています。忠臣蔵では悪役ですが、地元一関では名君とされています。

入門前より当代一流の歌人たちと頻繁に交遊しており、改めて冷泉家に入門する必要はないように思えます。歌道宗匠としての教育を期待してというより、公家との接触の多い奏者番という役職についていたため、入門したとされています。私はその陰には於妻と敏親の仲介があったのではないかと考えます。於妻の結婚には伊達家を通して門人を獲得しようという冷泉家の狙いもあったのかもしれません。

さらに私が京都で知りえた事実を書き加えます。京都御所の西隣に羊羹で有名な虎屋がありります。虎屋の歴史を書いた『虎屋の五世紀』という本によれば、塙団右衛門の妻は、虎屋の黒川家から出たことになっています。つまり虎屋は伊賀の上嶋家のみならず岩出山の伊達家とも親戚関係だったことになります。

さらに上冷泉家は虎屋と四〇〇メートル程の距離です。伊達家と親戚だった虎屋が冷泉家と伊達家の間を取り持ったとしても不思議ではありません。商家といえども御所に出入りする家であり、近江大掾という近江国の国司の三等官という称号まで持っていました。芭蕉が京都、伊賀上野、岩出山という三箇所の結びつきの間を何らかのメッセージを持って移動していたと考えられます。

貞享四年（一六八七）の十月、江戸を発って尾張から伊賀上野について越年、貞享五年（元禄元年・一六八八）吉野の花見をした後、高野山、和歌の浦、奈良、大坂、須磨、明石をめぐって四月二十三日京都に入りました。伊賀上野に戻り岐阜、名古屋で俳事を重ね、八月信州の善光寺を経て江戸に帰りました。そして、翌元禄二年の三月に奥州行脚に出立し、金沢、大津、伊勢神宮を経て九月に伊賀上野に到着します。十一月末に大仏再興された奈良を経て、京都に入ります。膳所で越年し、伊賀上野と京都の間を行き来して一年を過ごしました。

つまり芭蕉は『おくのほそ道』の旅の前後に伊賀と京都に滞在して生活していました。

芭蕉は館主敏親の正室於妻とは彼女が子供の頃からの知り合いだった可能性があり、芭蕉が『おくのほそ道』の旅の前後に訪れていた京都や故郷の伊賀上野、そして岩出山には塙団右衛門を中心とする親戚関係が存在していたというのが今回の結論です。この三箇所を結ぶレールの上に芭蕉がどこかで関わったという記録が見つかれば、『おくのほそ道』の旅の意味は大きく変化します。岩出山伊達家の方から「先代がそのような古文書が以前あったというような話をされていた」ということを聞きました。今後の研究成果を待ちたいところです。

『おくのほそ道』の折り返しに近い岩出山に冷泉家の姫君が嫁ぎ、暮らしていました。はるか奥州に嫁いだ、幼い頃から知っている姫の奥方振りを一目見たい、励ましてやりたいという思いが芭蕉にはあったのかもしれません。また、幕府により天皇・上皇と地方の大名との交流は制限されていた時代ですので、ひそかに霊元上皇からの手紙や歌を運ぶ旅だったのかもしれません。於妻を取り巻く人たちの中に芭蕉と親しかった人がいたのかもしれません。そういう人たちと会う約束があったのであれば、一関から岩出山まで一日で歩いて来たのも納得できる話になります。芭蕉が敏親の元を訪れたかどうかはわかりません。身分等を考えると難しい話ですし、芭蕉、曾良の文にもそのような記録はありません。

しかし、おそらく於妻に合うことが出来たと思われます。城に登る途中、自分たちが歩いてきた奥州上街道の入り口が見えたのでしょう。それを「南部道遥にみやりて、岩手の里に泊る」と書いたのだと思います。そして、この言葉は『おくのほそ道』の本当の読者に向けて、旅が成功したという報告になっているのです。

注一　伊達本：定家が六〇～七〇歳の頃に書写したものだろうとされ、笠間書院から出版された『伊達本　古今和歌集』で定家独特の筆跡（定家流）を楽しむことができる。

注二　地下歌人：公家の歌人である堂上《とうしょう》歌人《かじん》に対する言葉。宮中に仕える者以外の人々（武士、町人、百姓など）を地下と称した。

注三　上冷泉家、下冷泉家：室町時代に為之と持為という兄弟がいて冷泉家は上、下に分裂する。上冷泉家が嫡流で『明月記』を守ってきた。明治になっても京都に残った（伯爵）。下冷泉家からは藤原惺窩ら漢学者が出た。明治になり東京へ移る（子爵）。

注四　勅勘：信長に与えられた知行地が彼の死後、信長の直轄領とされて朝廷に押領されたのに対して、九代為満が異議を申し立て、所司代に訴えを重ねたことが正親町天皇の逆鱗に触れたとされている。都を出て大坂に居住し、家康のとりなしで勅免されるまで一三年間都を離れていた。

注五　衣通郎女命：第一九代弁恭天皇の妃、あるいは皇女。和歌の達人で、柿本人麻呂、山部赤人と並んで「和歌三聖」とされる。

参考図書

一．尾形　仂「芭蕉と『埋木』」『連歌俳諧研究第13号』一九五七
二．茂木徳郎「和歌篇」『宮城縣史14』宮城県史刊行会　一九五八
三．大林昭雄『京都と仙台藩』ギャラリー大林　一九九五
四．岩出山町史編さん委員会『岩出山町史文書資料第12集、在郷武士のくらし（一）』大崎市　二〇〇九
五．社史編纂委員会『虎屋の五世紀　伝統と革新の経営　通史編』株式会社虎屋　二〇〇三
六．『冷泉家の歴史』朝日新聞社　一九八一
七．桜木俊晃『芭蕉事典』青蛙房　一九六三

第七話　曾良の随行日記を考える

芭蕉が一関から岩出山に急いだのは、芭蕉が藤堂家に仕えていた頃に通っていた冷泉家の幼かった姫君が、岩出山伊達家に嫁いでおり、この日会う約束になっていたのではと考えてみましたが、曾良の随行日記から岩出山の部分を考えてみます。

河合曾良は慶安二年（一六四九）、信濃の上諏訪に高野七兵衛の長男与左衛門として生まれました。芭蕉より五歳年下です。六歳の時に父母が亡くなり母の兄の河西徳左衛門のもとで養われ、後に母の妹が嫁いでいた岩波家の養子となります。しかし一一歳のとき養父母を相次いで失いました。一九歳のころ伊勢長島で大智院という寺の住職をしていた叔父の良成を頼って諏訪を出奔し、岩波庄右衛門の名で藩主松平良尚に仕えました。『おくのほそ道』の旅が終わった後、曾良は芭蕉をこの寺に案内しています。

曾良という俳号は長島が木曽川と長良川にはさまれていたことから一字ずつ採った名前といわれており、名字の河合も本当は河西ですが、芭蕉が二つの川が出合うところという意味で、つけたとされています。

後に長島を離れ、二〇代後半に江戸に居を移しました。芭蕉庵に近い深川五軒堀に住み、神主の資格を得るため、後年幕府の神道方となる吉川惟足のもとで学び、『古事記』、『日本書紀』、『万葉集』、『延喜式』などで国学の知識を身につけました。さらに、神道の修得と平行して地理学も学びます。この時代の学問が『おくのほそ道』の旅に役立っています。

彼の親しい仲間には並河誠所、関祖衛という地理学者、人文学者がいました。正確な地図がなかった時代、道案内役として路通に変えて曾良というのは最良の選択だったと思います。

芭蕉に従って『おくのほそ道』に同行・行脚したことで俳人としての人生を送ったように評価されがちですが、実際は神道学を身につけ、地誌に精通し、文学の素養豊かな人間でした。そしてなにより、当時「東西南北の人」と称されたごとく、行動的で実地踏査を身上とする旅の実践家であったようです。

芭蕉が没して一七年後の宝永七年（一七一〇）三月、六二歳の曾良は巡検使の随員として九州を旅しましたが、同年五月二十二日、壱岐の勝本で病に倒れ客死しました。曾良の墓は勝本の能満寺にあります。没して三〇年後に故郷諏訪の正願寺にも曾良の墓が建てられました。

旅の間、曾良は句を詠み、俳諧興行に参加するだけでなく、芭蕉の句を記録し、随行日記を認《したた》めています。道案内役として宿の手配や、会計係として、金の工面をしていたようです。律儀で誠実な性格であることが想像されます。

一関から堺田までの随行日記の原文をみてみましょう。

一　十四日　天気吉。一ノ関（岩井郡之内）ヲ立。四リ、一ノハザマ・岩崎（栗原郡也）、藻庭大隈。三リ、三ノハザマ・真坂（栗原郡也）岩崎ヨリ金成（此間ニ二ノハザマ有）へ行中程ニつくも橋有。岩崎ヨリ壱リ半程、金成ヨリハ半道程也。岩崎ヨリ行ば道ヨリ右ノ方也。

四リ半、岩手山（伊達将監）。やしきモ町モ平地。上ノ山ハ正宗ノ初ノ居城也。杉茂リ、東ノ方、大川也。玉造川ト云。岩山也。入口半道程前ヨリ右へ切レ、一ッ栗ト云村ニ至ル。小黒崎可見トノ義也。二リ余遠キ所也故、川ニ添廻テ及レ暮岩手山ニ宿ス。真坂ニテ雷雨ス。乃晴、頓テ又曇テ折々小雨スル也。

中新田町　小野田（仙台ヨリ最上ヘノ道ニ出合）　原ノ町　門沢（関所有）　漆沢　軽井沢　上ノ畑　野辺沢　尾羽根沢　大石田乗船

岩手山ヨリ門沢迄、すぐ道も有也。

右ノ道遠ク、難所有之由故、道ヲかへテ、

一　十五日　小雨ス。

二リ、宮

○壱リ半、かぢは沢。此辺ハ真坂ヨリ小蔵ト云カヽリテ、此宿へ出タル、各別近シ。

○此間、小黒崎・水ノ小島有。名生貞ト云村ヲ黒崎ト所ノ者云也。其ノ南ノ山ヲ黒崎山ト云。名生貞ノ前、川中ニ岩島ニ松三本、其外小木生テ有、水ノ小島也。今ハ川原、向付タル也。古ヘハ川中也。宮・一ツ栗ノ間、古ヘハ入江シテ、玉造江成ト云。今、田畑成也。

壱リ半尿前。シトマヘ、取付左ノ方、川向ニ鳴子ノ湯有。沢子ノ御湯成ト云。仙台ノ説也。

関所有。断六ヶ敷也。出手形ノ用意可有之也。壱リ半、中山。

○堺田。（村山郡小田島庄小国之内）。出羽新庄領也。中山ヨリ入口五、六丁先ニ堺杭有。

一里：約四キロメートル　一丁（町）：約一〇九メートル　一間：約一・八メートル

日記の構成内容をみてみると、

十四日は天気にはじまり、一関から岩出山までの行程、つくも橋までの行程、岩出山の状況について、小黒崎見物に行こうとしたが途中で断念して岩出山に戻る過程、一日の天気、特に真坂で雷雨に会ったことを書いています。中新田を経由して尾花沢・大石田へ向かう行程については、岩出山から門沢への近道もあるが難所もあるので別のルートになったと書いています。

門沢には関所がありました。幕府直轄の延沢銀山へ向かう街道でもあったことから、銀の持ち出しを取り締まるため、幕府の役人がいる関所でした。さらに二箇所（軽井沢、上ノ畑）幕府の役人がいた関所を通らなければなりませんでした。尿前経由の道も三箇所の関所がありましたが、尿前の関所以外は地元の農民が役人を代行している関所でした。

日記の中には不思議な点、間違った点がいくつかあります。まず一ノハザマと三ノハザマを取り違えています。また、「つくも橋」には結局行っていないというのが定説ですが、未練があるような書き方になっています。「つくも橋」の先には歌枕で有名な「あねはの松」があるのに、こちらには何のコメントもありません。岩出山館主については伊達將監となっていますが、これは伊達弾正の誤りです。岩出山では弾正の名は以前、磐手沢城と呼ばれていた頃の城主であった氏家弾正にちなんで、代々弾正と称されていたようです。また岩出山が政宗の初の居城となっていますが、米沢城が初の居城です。

地元の人であれば間違わないようなミスが目立ちます。間違いの多い情報を曾良はどこで仕入れたのでしょうか。実はこの間違いは突然随行日記に出てくる話ではありません。曾良には『奥の細道名称備忘録』という旅に際してのメモ書きが残されており、これを参考にして旅をし、随行日記を書いたと思われます。この中の陸奥の項の最初に、

玉造郡仙臺ヨリ十弐リ北西館町有　伊達將監
　正宗初ノ城跡山ノ上ニ有
磐手　シノフハエゾ知ヌカキツクシテヨツホノ碑　モノイハレヌ思ニ多シ

憚關

と、記載があります。この後に仙台から塩釜の途中にあった今市や千賀塩竈、緒絶橋、雄島など旅の順番を無視した形で名所の名前が並べられています。

情報提供者が誤った情報を教えてしまったものと思われますが、陸奥の情報の最初に玉造郡、磐手（岩出山）と記載されており、芭蕉と曾良の岩出山についての関心の高さが感じられます。憚關（はばかる関）というのは尿前の関なのか、門沢の関なのかわかりませんが、奥羽山脈を越えるのが難しいことは、あらかじめ覚悟していたと思われます。旅の途中で入手したというよりも、江戸で入手していた情報のようです。

十五日の日記に記載された内容は、天気、鳴子までの行程と距離、真坂からの近道の話。途中にあった歌枕でもある小黒崎、美豆《みづ》の小島の状況。尿前までの行程、鳴子温泉の説明、尿前の関を越えるにあたっての注意。中山までの距離。堺田と国境の杭の話と、細かく書き留められています。

曾良は芭蕉が会うことになっていた知人についての情報は全く知らされていなかったようです。また岩出山での宿泊費は払ってはおらず、どのような人の世話になったか、本来記載するはずの日記に何も書かれておりません。芭蕉に記載を止められたか、忖度して記載しなかったのかわかりませんが、書くのが憚られる人だったと思われます。

十五日の日記では「真坂からかぢは沢までの近道」を、こちらが近いと断定的に記載しています。これは地元の人でないとわからない事で、地理に詳しい人に教えてもらった可能性があります。小黒崎は街道の傍にあり、趣のある風景からすぐにわかりますが、美豆の小島は現在も地元の人の説明がないとわからない所にあります。同行した人についての記載はないものの、地元の人が一緒に歩いているような内容です。鳴子温泉についても仙台の説といって解説していますが、これも地元の歴史に詳しい人の話だろうと思われます。

鳴子温泉とは反対側の川岸を歩いたようですので、あまり通行人はいなかったと思われます。近道の話や関所の様子とか、後に旅する人が読むことを意識したような書き方をしています。

当時、尿前の関は岩出山支藩が管理していました。岩出山伊達家の人が同行していれば容易に通過できたとも思われますが、伊達家とは距離のある人が同行していたのかもしれません。

関所を通過するのに通行手形だけでなく、関所手形を求められることがあります。鳴子温泉に泊まると、宿で関所手形を書いてもらうという暗黙の了解があったのであれば、温泉に泊まらず関所に入ってしまったことで、咎められてしまったとも考えられます。

参考図書

一．山元安三郎『曽良　奥の細道随行日記』小川書房　一九四三

第八話　尿前の関から封人の家へ

芭蕉が『おくのほそ道』の旅の途中詠んだ句に

蚤虱馬の尿《バリ》する枕もと

という名句があります。迷句のほうかもしれません。この句の季語は何でしょうか？この句が詠まれたとされる封人の家を訪ねた際に、係員の方と話をしていて、この話となり季語があるのかという私の問いに、

「お客さん勉強が足りないね。夏だよ。のみは七月の季語だよ」と教えられました。

今回はこの封人の家までの道について考えてみます。


芭蕉は一関から岩出山まで一日でやってきましたが、翌日には岩出山を出発して、二〇キロメートル先の鳴子、さらには二キロメートル程西側にある尿前の関に向かいます。

寛文九年（一六六九）以降、尿前の関は岩出山支藩が管理していました。横目役人注一

が派遣され、屋敷面積は一七六〇坪ありました。この関を通るには通行手形が必要だったようです。芭蕉らは通行手形を持っていたと思いますが、関所手形も求められたのかもしれません。

尿前の関を過ぎると、急峻な山道が行く手を阻むかのよう立ちはだかります。現在の日本こけし館あたりまでの尿前坂から薬師坂にかけての距離にして一キロメートル、標高差約一〇〇メートルの登りです。

険しい山々に囲まれた関所から登り始めるため、奥羽山脈越えの大変さを予感したのではないでしょうか。しかし、厳しい登りはすぐに終わります。この出羽街道中山越えは奥羽山脈を横断する街道中最も低い所を通り、高い所でも標高二九〇メートルでした。

関所から中山（現在の中山平）まで六キロメートルの道には欝蒼と生い茂る木々に囲まれた小深沢、大深沢があり、六〇メートル前後の上り下りが続きます。健脚だった芭蕉にとっては、苦になる道ではなかったでしょうが、暗い森の中を通るので不安を感じさせる道だったかもしれません。

中山から国境のあった陣ヶ森まで二キロメートル、陣ヶ森から堺田まで一・五キロメートルでした。芭蕉は陣ヶ森の新右衛門に紹介されて、泉庄屋の長左衛門と名乗る主人の家に泊まります。これが封人の家といわれており、芭蕉が泊まった現存する唯一の家とされています。

当時なんといっても大変だったのは、尿前の関を越えると人家が全くないことでした。仙台藩も中山に宿駅を置いたものの、人家がないのはまずいと思ったようです。明和、安永の風土記によれば「中山に住む者はたとえ重罪を犯したものでもその罪は赦す」という立て札を山岡志摩の名前で立てて、移民を勧めています。その結果、百姓六軒が住んでいたとされていますが、宿場とはなりえなかったようです。

封人の家は堺田の有路家泉庄屋とされていて、庄内側の館と考えられていますが、『旧岩出山町史』によれば、伊達家の見張番の家でした。寛永の頃（一六二四〜一六四三）仙台藩と新庄藩の間で領界についての紛争が生じましたが、正保二年（一六四五）両藩での協定が成立し、関沢に境界が置かれました。その後、関沢を御留場所と称していましたが、ここには見張り番はおかず、陣ヶ森においていました。陣ヶ森には開墾できる土地もあり、耕作できたので、有路家の祖先が堺田から移住して来ました。国境が決まったので、仙台藩は有路家に見張り番を仰せつけたものと思われています。

元禄時代には既に、芭蕉の足跡をたどろうと、かなりの数の俳人らが、『おくのほそ道』に挑んでいます。しかし、その多くは松島あたりで断念し、尿前の関を越えた者は非常に少なかったといわれます。尿前の関に恐れをなして松島、象潟のいずれかを訪れたり（『奥の小日記』、『続奥の細道蝶の遊』、『吾妻海道』）、時期を変えて別々に訪れたり（『月見が崎』・『ねぶの雪』）、二口峠を通ったり（『松のわらひ』・『合歓のいびき』）、芭蕉らが諦めた中新田から軽井沢を越えた旅行記が多いようです。

尿前の関を越えたものとして『奥往来』があり、ゆっくりこともなげに関を越えたように書かれています。『陸奥鵆《ちどり》』のように関は越えたものの、宿と食べ物がなくて困りはて、「二度と通るべきところにあらず」と書いた旅行記もあります。

芭蕉らは手形を持っていなかったか、出国の期限が過ぎていたのか、何らかの理由により関所の通過が難しかったと思われていますが、岩出山伊達家の人が同行していれば容易に通過できたはずです。芭蕉は「此路旅人稀なる所なれば、関守にあやしめられて、漸として関をこす」と書いていますが、関所の人間の立場を考えて通過が難しかったと書いたのかもしれません。関所側の厳しい取り締まりも仕方がないというような記載です。実際に厳しく取り調べられていたら、もっと怒りが感じられる文になったのかもしれません。予定した道を変更したのも、中新田経由の道に難所があったというより、尿前の関の通過が易しくなったという理由かもしれません。

芭蕉らは日暮れに堺田の封人の家に辿り着き、しかも宿でもない家に三泊も（実際は二泊）できたというのは非常に出来すぎた話ではないかと思います。曾良の日記に宿泊費を払った記号も無いようです。幸運だったというよりも既に決められていた行程、予約されていた宿ではなかったかという気がします。

岩出山で会った知人が同行して封人の家まで案内し、接待の宴でも催してくれたのではないでしょうか。

蚤虱馬の尿する枕もと

この句はつらい状況から生まれたというよりは、精神的に余裕のある状況で、楽しい雰囲気の中から出てきた句のような気がします。

「馬の尿」の尿をシトと読むか、バリと読むか昔から議論されてきました。当時、人間の尿はシトと読み、動物の尿はバリと読み分けていたとされていましたが、この句が詠まれる前に尿前の関を通過してきたことから、その奇妙な名前が頭のどこかに残っていてシトと読んだという説も力を持っていました。

ところが、平成になって芭蕉自筆の『おくのほそ道』が公表され、芭蕉の字で「バリ」と読みが振られていたため、決着がつきました。

芭蕉の句は常に古典との関係が調べられ、その背景にある和歌などが研究されていますが、この句に関連する古典はあるのでしょうか。聞いたことがありません。自然と生まれた芭蕉会心の作だったのかもしれません。

平地の岩出山よりも山の中の堺田のほうが、食事は豊かだったのではなかったかと思われます。山菜、果実、川魚、きのこ、漬物、餅さらには生類憐みの令の綱吉の時代ではありましたが、山奥ということで鹿、猪、狸、兎、鳥、熊などもこっそり味わえたかもしれません。また、最上川の舟運で、干し魚などの海産物が内陸まで運ばれてきていた歴史もあり、棒だら煮、からかい煮、くじら汁、だしといった料理が今も味わえます。そう考えますと人の目を意識しなければならない岩出山から堺田に移動して、ここで接待を受けたと考えてみるのも楽しいかもしれません。

封人の家を出た二人は山刀伐《なたぎり》峠を越えて尾花沢を目指します。『おくのほそ道』ではここがクライマックスといってもいいような場面です。

「高山森々として一鳥声聞かず、木の下闇茂りあひて、夜る行がごとし。雲端につちふる心地して、篠の中踏分〳〵、水をわたり、岩に蹶いて、肌につめたき汗を流して、最上の庄に出づ」

「山刀伐峠」という名前も、おどろおどろしていて、いかにも恐ろしそうな感じがしますが、実際に現場に行ってみると、標高四七〇メートルの山で、道から約二〇分登ると頂上に達します。今はその下をトンネルが通り、一分もしないで通り抜けてしまいます。芭蕉の時代でもそんな難所ではなかったと思います。健脚の芭蕉であれば二時間もかからずに通り過ぎたのではないでしょうか。

ではあの話は全くのフィクションかというと、そうではありません。行程の難しさ、風景、時間の経過からみて尿前の関から中山平付近までの話を書いたようです。

何故、山刀伐峠にクライマックスを持ってきたのかといえば、物語の構成上の問題です。尿前の関の話で一旦、緊張感を盛り上げてしまいますから、その直後に高山森々とするよりも、馬の尿で気持ちをなごませてからのほうが、緊張感は高まります。尾花沢に着いてほっとした状況を説明するためにも、その前に切迫したシーンがあったほうがより引き立つと芭蕉は考えたのでしょう。

道案内した若者も、おそらく岩出山から堺田まで同行した人がいたと考えれば、一日で封人の家までたどり着けたという出来過ぎた話も納得できます。

注一　横目役人：監視役の役人

参考図書

一．市橋　鐸「後の『奥の細道』」『連歌俳諧研究　第20号』　一九六〇
二．岩出山町史編纂委員会『岩出山町史　上巻』　岩出山町　一九七〇
三．上野洋三、櫻井武次郎『芭蕉自筆　奥の細道』　岩波書店　一九九七

第九話　尾花沢での芭蕉の行動

『おくのほそ道』後半の重要な位置を占める、尾花沢での話を考えてみます。五月十七日、山刀伐峠を越えた芭蕉と曾良は尾花沢の町に到着しました。紅花問屋の主人である鈴木清風を訪ね、歓待を受けながら、この町に一〇泊したようです。清風は富裕な紅花問屋で知られ、江戸や京坂に手代を派遣し、手広く商いを行っていました。俳諧を嗜み、清風自身江戸、京坂を往復するうちに、俳人としての修業を積み、江戸の俳諧人との交遊によって啓発され、出羽の俳人残月軒清風としての名声を高めることになりました。俳席で芭蕉や曾良と同席したことがあったので、二人は清風を頼って行ったとされています。

「尾花沢にて清風と云者を尋ぬ。かれは富るものなれども　志いやしからず。都にも折々かよひて、さすがに旅の情をも知たれば、日ごろとゞめて、長途のいたはり、さま〴〵にもてなし侍る。

涼しさを我宿にしてねまる也

這出でよかひやが下のひきの声

まゆはきを俤にして紅粉の花
蚕飼する人は古代のすがた哉　　曾良」

芭蕉は清風を、「かれは富めるものなれども　志いやしからず…」と最高の評価をし、「涼しさを我宿にしてねまる也」と清風宅まで褒めています。にもかかわらず、芭蕉に対する清風の態度は冷たいという意見があります。

到着した十七日と二十一日、二十三日に芭蕉と曾良は清風宅に宿泊していますが、商家での仕事が忙しかったため、改築したばかりで静かな、天台宗養泉寺での宿泊をすすめられたとされています。

芭蕉は尾花沢に一〇泊しているにも関わらず、清風は一度も俳席を設けていないとされてきました。その結果、尾花沢では一度も歌仙を巻かなかったといわれています。曾良の『俳諧書留』には行く先々での句が残らず記載されていますが、尾花沢ではその記録がなく、また『奥の細道随行日記』にも書かれておりません。

どんなにつたない俳席であっても、それを設けることが最高のもてなしとされ、それをしなかった清風の態度が地元ラジオ、新聞での論争の焦点になったこともあるそうです。

清風は自分の撰集『俳諧おくれ双六』に芭蕉の句も入れていましたが、芭蕉が来る三年前に尾花沢を訪れた談林派の俳人・大淀三千風の句風に親しんでいたようです。立石寺へ向けて出立する際に、清風は舘岡（楯岡）まで馬で送っていますので、礼は尽くしたと考えられていますが、山本健吉氏は『漂泊の人生』の中で、清風が芭蕉に対して、俳諧の旦那という優越感を持っていたため、冷淡なもてなしかたをしたのではないかと見ています。

金森敦子氏は『芭蕉はどんな旅をしたのか』の中で、「尾花沢の実力者である清風が、一声かければ句会など簡単に開くことが出来たのに行わなかったのは、句風が異なる芭蕉と親しむことが煩わしいと感じたのかもしれない」と述べています。

曾良の記録には残されておりませんが、清風ら地元の俳人たちと巻いた「すゞしさを」と「おきふしの」の歌仙二巻が須賀川の相楽家に伝わっており、尾花沢の研究者らは俳諧の興行があったと考えています。しかし、後世になってから発見されたため、偽作の可能性もあるともいわれています。

『尾花沢の俳人　鈴木清風』によれば、鈴木家に現存する文書には紅花を扱ったという記録が一枚もなく、すべて貸金関係の文書のようです。また尾花沢の特産品を記載し、領主に報告する『村差出明細帳』を調べても、この地方三〇余りの村から紅花を生産したとされる報告がなかったとされています。

紅花は七月に花を摘みますが、養蚕は五月末に掃き立て、七月に上蔟、繭をとり、殺蛹して糸とりという作業があり、紅花摘みと養蚕の二つの仕事は両立しないとされています。収入面の大きさから、尾花沢では養蚕が行われていたと推測されます。

しかし、清風は奥羽全域から紅花を集めて、大石田河岸から西回り航路で京坂、江戸へ出荷する紅花の大問屋だったことから、紅花大尽の名が残ったと考えられています。

清風の貸付けた金額を集計した『尾花沢市史の研究』によれば、紅花の生産地である内陸方面への貸し付けが多く、紅花買付けを行っていたことが推測されます。清風の最盛期は元禄時代であり、元禄十五年（一七〇三）、江戸で紅花を船ごと燃やして紅花の価格を高騰させ、稼いだ金で三日間吉原を借り切ったという逸話が残されています。しかし享保の改革以降、家運は次第に下降していったようです。

芭蕉がこの旅で詠みながら『おくのほそ道』に入れなかった句に

行くすゑは誰肌《たが》ふれむ紅の花

というのがありますが、芭蕉と関わりあいのある女性を案じているようにも思われます「まゆはきを」の句にしても、女性をイメージしている所までは解りますが、それが誰を意味するのか解らないために、文中における句の意味がわからないままになっています。

また、尾花沢は、『おくのほそ道』の行脚の中でも最も長く滞在した地ですが、滞在した理由は不明であるといわれています。清風宅に三泊、養泉寺に七泊合計一〇泊していますが、これはそれまでの芭蕉の行動からみると長逗留です。村川素英ら土地の俳人たちが、様々に芭蕉をもてなしており、居心地は悪くはなかったとは思いますが、古くからの知人がいるわけでも、名所や温泉などがあるわけでもない土地です。特に句会を開くわけでもなく、長く留まる理由がわかりません。

五月二十七日には長逗留に飽きたかのように立石寺へ向かいます。山の麓から山頂まで寺がひしめき合う光景は、昔も今も見事だとは思いますが、このような光景は伊賀上野から京都に向かう木津川の周辺でも散見されます。芭蕉がどうしても見たいと思っていたというよりは土地の人たち、あるいは同じ天台宗である養泉寺の僧侶に勧められて出掛けたのであろうと推測されます。しかし、この寄り道の小旅行で、あの

閑さや岩にしみ入る蟬の声

の名句が生まれました。

立石寺から取って返すも尾花沢には立ち寄らず、大石田へ向かいます。立石寺一泊、大石田三泊、新庄二泊、羽黒三泊、月山一泊、羽黒三泊、鶴岡三泊、酒田三泊、吹浦一泊、象潟二泊、酒田七泊とゆっくり移動し、長く滞在する旅が続きます。

おそらく芭蕉は尾花沢で何かを待っていたのだと思います。待つという行動を隠すために使われたのが鈴木清風でした。待つために用意されたのが養泉寺であり、はじめから清風宅に世話になるつもりはなかったのかもしれません。長期間待つ可能性があったことから、地元の俳人である清風に挨拶に行った際に素英という俳諧を嗜む人物を紹介され、彼が尾花沢滞在中の芭蕉らの面倒をみました。芭蕉が何を待っていたのかは第十話で。

参考図書

一．山本健吉『日本人物語3　漂泊の人生』毎日新聞社　一九六一
二．金森敦子『芭蕉はどんな旅をしたのか』晶文社、二〇〇〇

三．星川茂平治『尾花沢の俳人　鈴木清風』尾花沢市地域文化振興会　一九八六
四．『芭蕉と清風　おくのほそ道・尾花沢』芭蕉・清風歴史資料館　一九八三

第十話　おくのほそ道の後半の旅

芭蕉の旅の後半の流れをみますと、岩出山を過ぎたあたりから旅の速度は急激に遅くなります。堺田二泊、尾花沢一〇泊、立石寺一泊、大石田三泊、新庄二泊、羽黒三泊、月山一泊、羽黒三泊、鶴岡三泊、酒田三泊、吹浦一泊、象潟二泊、酒田七泊。山形県内に一箇月以上滞在しています。

東北地方は仙台藩も含め、言葉の訛りが強く、関西出身の芭蕉にとって日常会話が非常に難しい地域だったと思います。岩出山以降、旅の速度が遅くなったのは、山形での温かいもてなしがあったのとは別に、芭蕉の足を引き止める何かが起きていたのかもしれません。封人の家から旅の歩みが遅くなっていることから、その原因は山形ではなく、岩出山にあったのではないかと推理してみました。

尾花沢で鈴木清風や地元の俳人たちのもてなしを受けましたが、尾花沢に一〇泊したうち、鈴木清風宅に三泊し、残りは近くの天台宗養泉寺に宿泊しました。養泉寺は数年前に改築されたばかりでした。山形県内の各地で歌仙を巻きながら、旅の方向とは違う立石寺へ行ったり、最上川を下り、出羽三山に登り、象潟へ出かけたりと、観光を楽しみ、いくつかの名句をものにしましたが、最後は何もすることなく、酒田で七泊してしまいました。

前に述べたように霊元上皇の手紙もしくは歌を運んで来たのでは、そして、それに対する返歌を求められ、返歌が出来ずに芭蕉を待たせてしまったのではと考えました。於妻は冷泉家の姫君でしたので、常日頃から鍛えられており、返歌が求められれば、間髪を置かずに詠んだはずです。於妻だけでなく、岩出山館主をはじめとする伊達家の人たちも、上皇の求めがあったかどうかはわかりませんが、あわてて和歌を詠んだのではないでしょうか。

霊元上皇は歌道の達人で、勅撰和歌集を出すと噂されていた頃です。見てもらえるだけでも名誉なことなのに、勅撰ともなれば最高の名誉です。慣れぬ歌詠みに苦労して、満足できる歌がなかなか出来ず、時間を要したのかもしれません。さらに岩出山伊達家だけでなく伊達一門に連絡して、詠歌進上を伊達家全体に呼びかけたのであれば、歌が集まり届けられるのに時間がかかり、芭蕉の足が止められてしまったのも納得できる話となります。

尾花沢で鈴木清風に出会い、温かいもてなしを受けたというのは実は半分本当であるけれど、半分は真実を隠すためのカモフラージュだったのではと考えることができます。鈴木清風はもともと大淀三千風派の俳人です。商売で江戸に通っていたので、芭蕉のことは知っていましたが、特別親しかったわけではなかったようです。芭蕉も期待はしていなかったけれど、尾花沢の人たちに温かくもてなされて感激したようです。

芭蕉は岩出山からの使者を待っていたのであれば、はじめから養泉寺で待つことに決められていたと考えるべきなのかもしれません。その後一箇月以上も待たされるとは芭蕉も予想していなかったのでしょう。使者がいつ来るか分からないので、観光を楽しみ、名句をものにしています。しかし、最後は何もすることがなくなったらしく、酒田で七泊してしまい、謎の長逗留とされてしまいました。

酒田でようやく伊達家からの返歌が届いたのでしょう。酒田から先は山形県でのゆっくりした移動とは違う展開です。酒田を出たあとは、新潟、富山と急いだ旅になってしまいます。新潟、富山に見るべきものがなかったのではないと思います。むしろ山形でゆっくり待たされてしまったことで、旅の予定が狂ってしまったのではないでしょうか。

村上、高田に数日滞在しただけで、連日歩き続けました。『おくのほそ道』の中で、金沢まで一三〇里もあるといっているのに、本文の記載はわずかしかありません。六月二十七日に鼠ヶ関を越え、七月十五日には金沢に到着しています。

金沢に到着すると、無理がたたったのか曾良は腹の病気になってしまいます。一週間金沢に滞在した後、小松から山中温泉へと移動します。ここで十日滞在し、芭蕉と曾良は分かれて旅することを決めます。病気治療の目的で、曾良が一日早く、伊勢長島を目指して出発します。病気のはずの曾良は途中、吉崎で汐越の松を、敦賀で種《いろ》の浜《はま》を訪れて道草しています。その後、琵琶湖を経由して彦根、大垣へと進み、船で川を下り、伊勢長島に到着しています。二週間ほど休養を取った後、大垣に戻り芭蕉と再会しました。

芭蕉は一日遅れで、北枝を連れて山中温泉を出発します。曾良と同じ道を歩き始めますが、金沢から同行している北枝とは福井の天竜寺で別れています。福井では門人の等栽の家を訪ね、二泊します。等栽は敦賀、種の浜まで芭蕉に同行しました。芭蕉は種の浜で貝を拾い、大垣の門弟への土産にしたとされています。その後、芭蕉はこの港に出迎えた路通と一緒に大垣に移動しました。

敦賀で等栽と十七日に別れた後は芭蕉一人で行動したと思われます。二十一日までに大垣に到着していることから、四日間ほど芭蕉の行動が不明です。

敦賀から大垣まで九七キロメートル。この間の行程はうまくすれば二日なのに芭蕉と路通はこの間に四日間もかけており、その余った日数は、どこに居て何をしていたのかという謎が残ります。

真面目な芭蕉です。於妻から預かった歌を早く、しかも自分の手で霊元上皇のもとへ届けなければならないと考えていたと思います。歌の届け先は曾良にも秘密にしていたので、曾良に養生するよう勧め、さらに一人で上洛する機会を狙っていたのかもしれません。

利用できるのはこの敦賀から大垣までの期間だけです。水運利用の上手な芭蕉です。琵琶湖の舟運について知っていれば、短時間で移動することが出来ました。敦賀から五里半で琵琶湖の北側に位置する塩津に着く

芭蕉が辿ったと考えられるルート

からです。

当時、琵琶湖には丸子船と呼ばれる琵琶湖特有の船が一四〇〇艘、大きな帆を揚げて往来していたようです。大津まで舟で行き、山中越えして出町柳に到着します。二日もあれば移動可能な行程です。ここまで来ると冷泉家も御所も目の前です。冷泉家に種の浜で拾った貝を添えて運んできた歌を渡し、岩出山の様子を伝えた後、大津に戻り再び乗船して、いずれかの港に向かったのではないでしょうか。そして、「露通も此のみなとまで出むかひて、みの丶国へと伴ふ。」この文につながるわけで、その間まさか京都に行ったなどとは誰も考えられません。携帯電話などない時代、定住することなく生活している路通が、敦賀の港で出迎えるのも不思議な話です。路通が若い頃過ごした大津か京都で遭っており、大垣まで同行したと考えるべきなのかもしれません。

芭蕉が苦労して歌を運んだとすると、それを待っていたのは冷泉家の人たちであり、霊元上皇や堂上歌壇の人たちであったと思われます。第一一二代天皇の霊元上皇は、歴代天皇のなかでも御製（作った歌）が最も多い天皇とされています。概算で六四〇〇首以上が伝えられており、実際は二万首以上詠まれたのではといわれています。貞享四年（一六七八）

に息子である東山天皇に譲位し、上皇となっていました。神仏のことをはじめ、和漢の学問、詩歌、古典などあらゆることに興味を示したといわれる霊元上皇の乙夜随筆の中には、西鶴の作品まで取り上げられています。

名あるもの　やがて雲居に　聞え上げよ　聞きて我世の　楽しびとせむ

という上皇の歌は、「世に知られた者はやがてやがては雲居（禁中）にまで聞こえ上げて、天皇の楽しみに供えられるであろう」という意味です。元禄に華開いた文化人の作品が上皇のところまで届き、楽しませていたようです。

於妻に関係のない地方の武士の和歌であっても、上皇は喜んで目を通したのではないかと思われます。和歌に対する上皇の厳しい姿を見て、芭蕉が「平易流行」、「かるみ」といった俳諧を高度な文芸に高めようとする試みを言い出すきっかけになったのかもしれません。

上皇が執筆された『百人一首抄』には歌道と題して、

「歌道は古より世を治め民をみちびく教誡のはじめなり」とあり、自ら歌道に心をそそぎ、子孫に対してもこれを学ぶことを勧めています。

『おくのほそ道』の旅は大垣で終点ということになっていますが、ここで終わらせないのが芭蕉のしたたかさです。

「旅のものうさもいまだやまざるに、長月六日になれば、伊勢の遷宮拝まんと、また舟に乗りて、

　蛤のふたみにわかれ行く秋ぞ」

と、最後の句へと読者を導いていきます。

大垣で終わる旅ですが、最後の句のために、あえて旅を伊勢の二見が浦まで延長しています。この句に芭蕉の思いが詰まっています。

参考図書

一．霊元天皇著　佐佐木信綱編『乙夜随筆』大八洲出版　一九四六

第十一話　誰のために書かれたのか

『おくのほそ道』は、いくつかのフィクションと思われる箇所が指摘されており、紀行文というよりは文芸作品であるといわれています。今回は芭蕉が『おくのほそ道』を書くに至った経緯と、その読者について考えてみたいと思います。

芭蕉の俳文に対する考え方として、『去来抄』に「我徒の文章は、慥《たしか》に作意をたて、文字は譬《たと》ひ漢章をかるとも、なだらかに言いつゞけ、事は鄙俗《ひぞく》の上に及ぶとも、懐しくいひとるべし」と語られています。この文を萩原恭男氏は『芭蕉おくのほそ道』の解説の中で「蕉風の俳文は明確な創作意図を持ち、漢文脈も和文脈に調和するように、耳ざわりにならぬように融けこませてしまう、卑近な俗事を素材とした場合でも、おくゆかしき品よく表現するのだと言う」と説明しています。

このような俳文観に基づいて、『おくのほそ道』は漢語を生かした重厚な書出し、和文脈の優雅な語り、会話に見られる口語体などの利用など様々な技法で、文章をリズミカルに表現しています。句と文章の関係がスムーズであり、無駄のない簡潔な文の流れがあり、文全体の構成が緻密に計算されています。『源氏物語』、『古今和歌集』、『新古今和歌集』、特に西行の和歌を中心とした古典とのかかわりが他の作品に比べて多いとされています。

芭蕉は『おくのほそ道』を、旅を終えてから四年後の元禄六年（一六九三）春頃からまとめ始め、翌元禄七年春に書き終えたようです。

昔から『おくのほそ道』の執筆についてはいくつかの謎が指摘されています。主なものとして、次のような点があげられます。

一．発表の予定がないにもかかわらず、芭蕉が推敲に推敲を重ねていること。

二．元禄当時の高級紙が使用され、最終丁以外は裏打ちが施され、古典作品を意識した枡形本に仕上げていること。

三．芭蕉の他の紀行文に比べて尊敬語、謙譲語、丁寧語が多く使われていること。

四．完成しても弟子たちに見せず、発刊は芭蕉が死んでからになったこと。

現在『おくのほそ道』の原本として芭蕉自筆の野坡本《やば》（中尾本）、芭蕉が書いたであろう曾良本、柏木素龍が清書した西村本、柿衛本《かきもり》が残されています。野坡本は高級紙を使った豪華な桝形本に仕上げていました。しかし、推敲、訂正を繰り返し、貼紙までして野坡本を書き上げたので、これを基に清書したのが曾良本だろうとされています。曾良本にもさらに書き込みなどしてしまい、清書本ではなくなっています。最後に素龍に清書を依頼しました。元禄七年（一六九四）四月末に素龍が芭蕉庵に十日間滞在して清書を行い、西村本、柿衛本が完成しました。

素龍（柏木儀左衛門）は阿波国徳島藩士でしたが、大坂で浪人した後、江戸に来て芭蕉と知り合い、その縁で『おくのほそ道』の清書を頼まれました。北村季吟の弟子となり、上代様（平安時代風）の書を学んでいました。元禄十三年（一七〇〇）頃、柳沢吉保に仕え、柳沢家の和歌指南として、没したようです。

芭蕉は自身が能筆家だったのに、素龍に清書を依頼しています。素龍の目を通して、添削してもらいたいという思いがあったのだと思います。

素龍が書写した西村本、柿衛本のほかに、杉山杉風に贈られた一冊があったとされていますが、さらに冷泉家に渡された清書本が少なくとも一冊あったのではないかと推測します。それが柿衛本なのかどうかは、今後の問題になるかと思われます。

素龍が清書した西村本の奥書に「書は兄の慰みにとて故郷に残し置きぬ」とあることから、兄の松尾半佐衛門に贈るために書かれたとされてきました。去来のような親しい門人にすら見せようとしなかったことから、「読者は兄」ということが確定してしまったようです。果たしてそうでしょうか。

これまで芭蕉と岩出山伊達家の関係を見てきましたが、於妻に会うための旅だったと仮定すれば、この紀行文を誰が読みたいかといえば、於妻の実家である京都の冷泉家の人々、中でも母親の慶寿院ではないでしょうか。また東北地方の旅について書けば、冷泉家の人はもとより、於妻の従兄妹に当たる霊元上皇を含めた堂上歌壇の人たちまでが、興味を示して読むのは明らかです。冷泉家の於妻の結婚はよく知られていたでしょうし、どういう所に嫁いだのか気になっていたと思います。宮中の人たちが読者になることを意識し、推敲を重ねて書いたのが『おくのほそ道』だと思います。

霊元天皇は小倉事件や幕府との対立を何度か起こしたトラブルメーカー的存在ではありましたが、慶寿院が叔母ということもあり、冷泉家を気にかけていました。兄である後西天皇より古今伝授を受けた歌道の達人であり、冷泉家の秘蔵文書三三〇巻を宮中で書写させ、為村、為久に歌道教育を行っています。宮中に歌壇サロンを築き、皇子である一乗院宮尊昭親王や有栖川宮職仁親王をはじめ、中院通躬、武者小路実陰、烏丸光栄など、この時代を代表する歌人を育てたことでも知られています。勅撰和歌集である新類題和歌集の編纂を臣下に命じ、さらには庶民の文化にも興味を示し、当時人気の西鶴の作品も目にしていたようです。

貞享四年（一六八七）、東山天皇へ譲位し、上皇として仙洞御所に入り、院政を開始しました。元禄六年（一六九三）には、将軍綱吉から譲位後に政務に口出ししてはならない、と釘を刺されていました。それで引きさがる霊元上皇ではなく、口出しはその後も続きました。

『おくのほそ道』を献上することは、俳諧の俳文、発句という文芸を歌壇サロンに紹介する絶好の機会になります。書く以上は「古典に慣れ親しんでいる人たちに読まれても恥ずかしくないものを」と考えたと思います。

『おくのほそ道』の旅から戻った翌年の元禄三年（一六九〇）に、芭蕉は『幻住庵記』

を書きます。向井去来に意見を求めた上で、さらに去来の兄である向井元端に批評を求めています。元端は宮中で働く医師であり漢学者でした。自分の俳文を伝統的漢文（実文）の原則をふまえている文にしたかったようです。宮中に向けて、『おくのほそ道』を書く練習を始めていたとも考えられます。

和歌や古典に慣れ親しんでいる読者を意識するため、何度も書き直すことになったと考えられます。また読者を敬った表現として、文中の敬語が増え、本の作りも古典に則った豪華本といえる形になったと思われます。

行春にわかの浦にて追付《おひつき》たり

芭蕉が貞享四年（一六八七）杜国と一緒に吉野紀行をした時に紀州の和歌の浦で詠んだ句です。芭蕉は吉野から高野へ、それから吉野川に沿って、その河口である和歌の浦に春を追いかけて来た状況を詠んだようにもとれますが、実はそれ以上の意味が含まれていると考えられています。

「追ひつきたり」の下五字（実際は六字ですが）には暮れ行く春を追いかけてきて和歌

の浦で、やっと追いついたという気持ちのほかに、長年俳諧の発句（俳句）を独立した文芸として、和歌と並ぶ位置にまで引き上げようと研鑽を重ねてきたが、やっと和歌の最後尾に追いつきかけているという気持ちを表しており、その感激の大きさが六字という形となったといわれています。

貞享以降、芭蕉は俳諧の革新を目指し、俳諧における発句を和歌と肩を並べる高度な文芸に高めるべく、和歌を追いかけ続けました。『おくのほそ道』を俳諧文学の集大成にしようと決めていたのかもしれません。

『おくのほそ道』冒頭の「行春や鳥啼魚の目は泪」の句は、紀貫之が書いたとされる『古今和歌集』序文の、「花に鳴く鶯、水に住む蛙の声を聞けば、生きとし生けるもの、いづれか歌をよまざりける」を彷彿とさせます。

また冒頭の「行春や」に対して、最後に「行秋ぞ」と話を結んでいます。最後に言いたかった気持ちが、この句に込められているのだと思われます。この句には、蛤の蓋と身、伊勢の二見が浦の意味がかけられたとされています。芭蕉の旅の目的が於妻との再会であれば、於妻との永遠になるであろう別れ、道中運んできた歌という精神的、肉体的に重かった荷物からの開放、さらには和歌という文芸からの俳諧の独立を宣言するというような意味も感じられます。

この句の背景には昔から西行が詠んだ、

今ぞ知る　二見の浦の　蛤を　貝合とて　おほふなりけり

があるといわれており、作者と門弟の別れのうちに、行く秋のあわれを含めた吟とされています。

霊元天皇について調べていたときに出会った『三十六貝歌合』という書物があります。四天王寺国際仏教大学付属図書館の所蔵で、稀覯の美本とされており、元禄三年（一六九〇）に書かれています。潜蜑子という名で古い歌を選び、編集している書ですが、この本を収集、所持していた猪熊信男氏によれば、筆跡が霊元上皇の乙夜随筆の表紙の題字とそっくりであることから、霊元天皇のペンネームであろうと推測されています。

三六種の貝の名を挙げて、各一首の歌を載せています。序文があり、『古今和歌集』の序文と同じ、「やまとうたは人の心をたねにして萬のことの葉と」始まりますが、この後は『古今和歌集』の序文を模した構成と文により、貝歌の説明が続きます。西行の歌も数首入っています。

霊元上皇は芭蕉の初めての句集である『貝おほひ』を意識したのか、あるいは芭蕉が敦賀の種の浜で拾った、ますほの小貝を土産に贈られたことに感激して、この書物を書いたのかもしれません。

江戸時代、天皇は「禁中並公家諸法度」により幕府に支配されており、京都の花見に出かけるにしても、幕府の許可が必要でした。天皇が外出されることを行幸と言いますが、慶安四年（一六五一）の後光明天皇の朝覲《ちょうきん》行幸[注一]以降、文久三年（一八六三）の孝明天皇の上賀茂、下鴨神社への行幸まで、行われていませんでした。火災の時以外、御所から出ることのない生活です。当然、海や琵琶湖すら見たこともなかったでしょう。譲位し上皇となっても、京都以外へ旅することが難しい時代です。旅に対する憧れはいかばかりだったでしょう。

この書物は長い間、公開されることがありませんでした。『おくのほそ道』の旅の翌年（元禄三年・一六九〇）に書かれていることから、芭蕉に向けて感謝の意を表して書かれたとも考えられます。

注目すべきは序文の中にある、貝を使った漢字の説明の中で、「貧（マツシ）といふ字ハ貝をわかつと書たり」という文です。芭蕉はこの文を読んで、これに応える形で最後にあの「蛤の」の句を置いたのではないかと推測します。返し歌ならぬ返し句だったのではないでしょうか。

そうすると『おくのほそ道』という書物は芭蕉が、当時の和歌の第一人者である霊元上皇を意識し、彼の書に対する返しの書ともいえます。『おくのほそ道』が豪華本の仕立てで、敬語が多くなっているのも理由が付きます。二つの書は互いに特定の人を意識して書かれたものであり、我々はその高いレベルの交流の一端をたまたま読ませてもらい、その内容に感激していることになるのかもしれません。

元禄七年（一六九四）初夏（陰暦四月）、清書が完了し、清書された本を持って芭蕉は五月十一日、故郷を目指して江戸を旅立ちます。五月二十八日、伊賀上野に着き、兄を訪ねて『おくのほそ道』を渡します。さらに閏五月二十二日上洛して落柿舎に入り、六月まで滞在しました。この間にもう一冊を携えて、冷泉家を訪ね、献上したのだろうと推測します。『おくのほそ道』を冷泉家に渡し、受け取ってもらった段階で、芭蕉の望みは達成されました。これを出版して世に問うなどとは全く考えていなかったはずです。その後、大津、京、伊賀上野と歩き、八月十五日伊賀上野で無名庵の完成を祝いました。九月に門人同士の争いの仲裁に大坂に行き、病に倒れ、終焉を迎えてしまいます。

去来が芭蕉の兄、松尾半左衛門から譲り受けた本（西村本）を原本として、京都の俳諧書肆井筒屋から『おくのほそ道』が出版されたのは、芭蕉没後八年の元禄十五年（一七〇二）でした。

注一　朝覲行幸

朝覲とは、天皇が父母もしくはそれに準じる太上天皇・女院に拝礼すること。対象者が天皇の御所の外に別個に御所を設けて居住している場合には、天皇の行幸を伴うことになり、こうした朝覲を目的とした行幸を特に朝覲行幸という。

参考図書

一．飯野哲二『芭蕉双書　芭蕉の俳句鑑賞』　豊書房、一九六九
二．富山高至『恩頼堂文庫旧蔵伝霊元天皇宸筆　三十六貝歌合』　和泉書院　一九八五
三．萩原恭男校注『芭蕉　おくのほそ道』　岩波文庫　一九五七
四．岩出山町史編纂委員会『岩出山町史文書資料第5集　岩出山伊達家文書（二）』岩出山町　二〇〇三

まとめ

これまでの内容をまとめます。

一．芭蕉の祖母は岩出山から（または米沢から）仙台、宇和島、伊賀と移動した。その娘が松尾家に嫁ぎ、芭蕉を産んだ。

二．芭蕉は藤堂家に仕え、俳諧に親しみ、蝉吟の代理で冷泉家にも出入りした。於妻や若き霊元天皇と知り合い、和歌について話し合った可能性がある。

三．岩出山の初代館主は政宗の四男で、塙団右衛門の孫であった。塙団右衛門の子供の一人は伊賀の上嶋家に養子に入った。

四．岩出山の三代目館主に冷泉家から於妻が嫁いできた。

五．芭蕉は於妻のところへ霊元上皇からの和歌もしくは手紙を届けにきた。伊達家から上皇への返歌に何らかの事情があって時間を要した。

六．芭蕉らは尾花沢をはじめ山形県内で返歌が出来てくるのを待たされた。ようやく歌を酒田で受け取り、帰りの旅を急いだ。

七．敦賀で一人となった芭蕉は琵琶湖の水運を利用して上洛し、冷泉家に返歌を届けた。

種の浜の貝も一緒に上皇に届けられた。

八．芭蕉の土産の貝に感激し、刺激を受けたであろう上皇は貝合わせの歌の本を作成した。

九．その本を読んだ芭蕉は返しの書として、『おくのほそ道』を書き上げた。上皇に旅の面白さを紹介する一方、俳諧という文芸を紹介する目的で書いたため、一般公開するつもりは全くなかった。

十．芭蕉の死後、発刊された『おくのほそ道』は、日本の古典における紀行文の代表的存在になった。

かなり憶測の入った内容になっております。これまでの芭蕉や『おくのほそ道』についての研究結果とは全く異なる内容ですので、併せてこれまでの解釈を理解されたうえで、読んでいただかないと誤解が生じると思われます。あくまでも私個人の妄想として読んでください。しかし、これまで謎とされてきた部分が理解できる話になっていると思います。

未解決の問題として、

一．祖母の親戚が岩出山に居たのかどうか。

二．伊賀における上島家と芭蕉について。両者の存在は偶然だったのか。
等々あります。芭蕉についての興味は尽きません。

おわりに

本書は『大崎市医師会報』に連載した芭蕉についてのエッセイをもとに、それを大きく加筆修正する形で執筆したものです。

これまで考えもつかなかった芭蕉と天皇・上皇の関係が、『おくのほそ道』の背景にあったというとんでもない話です。しかし、調べれば調べるほど、二人の間に緊密な関係があったのではと考えざるを得ない事実が出てきます。

和歌の守護神とも云うべき霊元上皇は京都を離れることが出来ず、一生を京都の中で過ごしました。遠い奥州へ嫁いだ従妹の於妻が心配だったことでしょう。一方、俳聖と称される芭蕉は於妻の結婚と時を同じくして、江戸に出てきて、旅を住み家とするような人生を過ごしました。

自分の感動をストレートに詠うのではなく、古典を理解し、そこに自分を重ね合わせていく当時の和歌に対して、現場の風景や空気を映像化しつつ感動を伝える発句（俳句）、それぞれの文学の性格に沿った様な二人の生き方です。二人が互いを意識し、評価することで、それぞれの文学を高めることにつながったのかもしれません。
『おくのほそ道』については、江戸出発後の千住滞在や仙台での不審な行動などの謎が残されていますが、於妻に会うための準備と考えるとたが見えてくるのではないかと思います。

旅の後の元禄四年、仙洞御所で京都所司代の与力として働く門人の史邦の力を借りて、芭蕉は見事な白色の牡丹をどこからか入手します。この花は去来を介して伊賀の藤堂家に贈られます。その直後、史邦は謎の退職に追い込まれます。上皇と芭蕉の関係が理解できれば何があったのかは推測できます。

今年の全国高校野球選手権大会で仙台育英高校が優勝し、白河の関が脚光を浴びました。五世紀にヤマト政権が東北地方にも勢力を伸ばし、元々この地に住んでいた人を蝦夷と呼び、敵とみなして、軍事拠点として関を白河に設置しました。政権の勢力はさらに北上したため、白河の関の軍事的意味は失われ、関は廃止され、歌枕の地としての名前だけが残りました。現地を訪れることなく、多くの歌が詠まれました。

藤原清輔が、関を通過するときに、古人は冠を正し、衣装を改めて通過した　と書いたことをふまえて、芭蕉と曾良は晴着の代わりに卯の花を頭に飾って通過しました。この関の跡を意識することで、みちのくへ入るという実感が湧いてきたようです。

芭蕉が関越えした当時、既に白河の関の位置は不明になっていました。現在の位置は松平定信が調査を指示して、白河神社が建っている位置をもって関所の跡とした結果です。

長い年月は風景のみならず、生活、文化なども大きく変化させてしまいます。時代を経るにしたがって『おくのほそ道』の内容を理解することが難しくなります。

「岩手の里がどこか」、「馬の尿をどのように読むか」というような問題のように、新しい史料が出現することで、解決することもあります。象潟のように地震が起きて、三〇〇年の間に地形が変わってしまうこともあります。仙台での宮城野の萩も木萩で、鼓の胴を造る位太い木萩がトンネルを形成していたというような状況が、江戸時代後期の頃から木萩が切られてしまったため、生い茂っていた状況を想像することが難しくなっています。

当時の状況を想像し、理解するためには、多くの資料を読み、あらゆる角度からの検討が必要になります。状況証拠とも云うべき、当時の生活などに関する研究が進むことで、今後さらに『おくのほそ道』への理解が深まることを期待します。また芭蕉と霊元上皇との関係についても、今後、研究が進むことがあれば、江戸時代の詩歌文学の奥深さを再認識するきっかけとなるのかもしれません。

令和四年　十月

高橋直典

著者紹介

高橋　直典（たかはし　なおのり）

1952 年　宮城県生まれ

医師

芭蕉は岩出山を目指した

検	印
省	略

令和 5 年 1 月 15 日　初版

著　　者　高　橋　直　典

発 行 者　藤　原　　　直

発 行 所　株式会社金港堂出版部

仙台市青葉区一番町 2-3-26

電話　仙台（022）397-7682

FAX　仙台（022）397-7683

印 刷 所　笹氣出版印刷株式会社

落丁本、乱丁本はお取りかえいたします。

ISBN 978-4-87398-156-7